ESPERANDO ROBERT CAPA

ESPERANDO ROBERT CAPA
SUSANA FORTES

Tradução de
Maria Alzira Brum Lemos

EDITORA RECORD
RIO DE JANEIRO • SÃO PAULO
2013

CIP-BRASIL. CATALOGAÇÃO NA FONTE
SINDICATO NACIONAL DOS EDITORES DE LIVROS, RJ

F846e   Fortes, Susana, 1959-
    Esperando Robert Capa / Susana Fortes; tradução de Maria Alzira Brum. – Rio de Janeiro: Record, 2013.

    Tradução de: Esperando a Robert Capa
    ISBN 978-85-01-09073-7

    1. Romance espanhol. I. Lemos, Maria Alzira Brum, 1959-. II. Título.

13-2194.   CDD: 863
                                        CDU: 821.134.2-3

Título original em espanhol:
Esperando a Robert Capa

Copyright © Susana Fortes, 2009
Copyright © Editorial Planeta, S. A., 2009
Av. Diagonal, 662-664, 08034 Barcelona (Espanha)

Texto revisado segundo o novo Acordo Ortográfico da Língua Portuguesa.

Todos os direitos reservados. Proibida a reprodução, no todo ou em parte, através de quaisquer meios. Os direitos morais da autora foram assegurados.

Editoração eletrônica: Livros & Livros | Susan Johnson

Direitos exclusivos de publicação em língua portuguesa somente para o Brasil adquiridos pela
EDITORA RECORD LTDA.
Rua Argentina, 171 – Rio de Janeiro, RJ – 20921-380 – Tel.: 2585-2000, que se reserva a propriedade literária desta tradução.

Impresso no Brasil

ISBN 978-85-01-09073-7

Seja um leitor preferencial Record.
Cadastre-se e receba informações sobre nossos lançamentos e nossas promoções.

Atendimento e venda direta ao leitor:
mdireto@record.com.br ou (21) 2585-2002.

À Carlota

Se precisasse acreditar, até me submeteria a ter uma religião. Mas sou repórter, Deus só existe para quem escreve os editoriais.

O americano tranquilo,
GRAHAM GREENE

Uma autêntica história de guerra nunca é moral. Não instrui, nem aspira à virtude, nem sugere modelos de comportamento humano correto, nem impede que os homens façam as coisas que sempre fizeram. Se uma história parece moral, não acreditem nela.

The Things They Carried,
TIM O'BRIEN

Um dia com boa luz, um cigarro, uma guerra...

Territorio comanche,
ARTURO PÉREZ-REVERTE

A Gerda Taro, que passou um ano no front da Espanha e ficou.

Death in the Making,
ROBERT CAPA

1

"Sempre é tarde demais para retroceder. De repente, você desperta um dia sabendo que isto não vai acabar nunca, que vai ser sempre assim. Tomar o primeiro trem, decidir depressa. Ou aqui ou lá. Ou branco ou preto. Nisto confio, nisto não. Ontem à noite, sonhei que estava em Leipzig com Georg e outros em uma reunião na casa do lago, ao redor de uma mesa com uma toalha de linho, um vaso com tulipas, o livro de John Reed e um revólver. Passei a noite inteira sonhando com este revólver e despertei com um gosto de fuligem na garganta."

A moça fechou o caderno que repousava no colo e levantou o olhar para a paisagem que corria veloz pela janela, campinas azuis entre o Reno e os Vosgos, aldeias com casas de madeira, uma roseira, as ruínas de um castelo destruído em alguma das muitas guerras medievais que assolaram a Alsácia. É assim que a história entra em nós, pensou ela, sem saber que o território que percorria seria muito em breve outra vez um campo de batalha. Carros de combate, bombardeiros Blenheim de médio alcance, caças biplanos, Heinkel 51 da força aérea alemã... O trem passou em frente a um cemitério, e os outros passageiros do compartimento se benzeram. Era difícil conciliar o sono com aquele bamboleio. Batia a têmpora a todo instante no caixilho da janela. Estava cansada. Fechou os olhos e viu seu pai enfiado em um casacão grosso de *cheviot*, dizendo adeus da plataforma da estação de Leipzig. Os músculos da mandíbula tensionados, como um estivador sob as marquises de luz cinza. Encaixar os molares, apertar os punhos dentro dos bolsos e jurar bem baixinho em iídiche. É o que fazem os homens que não sabem chorar.

Questão de temperamento ou de princípios. Os sentimentos só pioram as coisas na hora de sair correndo. Seu pai sempre mantivera um curioso litígio com as lágrimas. Os meninos eram proibidos de chorar. Se os garotos se engalfinhavam a murros no bairro e perdiam a briga, não podiam voltar para casa queixando-se. O lábio partido ou o olho roxo era prova mais que suficiente da derrota. Mas o choro estava proibido. Para as mulheres não valia o mesmo código, é claro. Mas ela adorava os irmãos e por nada no mundo teria aceitado um tratamento diferente do que eles tinham. Criou-se assim. Portanto, nada de lágrimas. Seu pai sabia bem o que dizia.

Era um homem à moda antiga, da Galícia oriental, ainda usava sapatos de camponês com solado de borracha. Lembrava-se de quando era criança, de suas pegadas perto do galinheiro do quintal como as de um grande búfalo. Sua voz durante a cerimônia do sabá na sinagoga também era profunda como seus rastros no jardim. Uma profundidade de 90 quilos mais ou menos.

O hebraico é uma língua antiga que contém a solidão das ruínas, como uma voz chamando-o da encosta de uma colina ou a sirene de um navio que se ouve ao longe. A música dos salmos ainda a comove. Sente um arrepio nas costas quando a escuta em sonhos, como agora, enquanto o trem se afasta para o outro lado da fronteira, provocando o que pareciam cócegas leves logo abaixo do flanco. Deve ser onde está a alma, pensou.

Nunca soube o que era a alma. Quando pequena, na época em que viviam em Reutlingen, achava que as almas eram as fraldas brancas que sua mãe estendia na área do terraço. A alma de Oskar. A de Karl. E a dela. Mas agora não acredita mais nestas coisas. Partiria o pescoço do Deus de Abraão e das 12 tribos de Israel se pudesse.

Não lhe devia nada. Preferia mil vezes a poesia inglesa. Um poema de Eliot pode libertá-lo do mal, pensava, Deus nem sequer me ajudou a sair da prisão de Wächterstrasse.

Era verdade. Saiu sozinha, por seus próprios meios, com elegância. Uma moça loira, tão jovem e tão bem-vestida não pode ser comunista, devem ter pensado os carcereiros. Ela também pensava isto. Quem ia dizer que acabaria interessando-se por política quando frequentava o clube de tênis de Waldau. A pele muito bronzeada, o suéter branco, a saia curta pregueada... Gostava da sensação que o exercício físico deixa no corpo, e também de dançar, passar batom, usar chapéu, fumar cigarros com piteira, beber champanhe. Como Greta Garbo em *A lenda de Gösta Berling*.

Agora o trem tinha entrado em um túnel com um longo apito. Estavam às escuras. Inalou profundamente o cheiro ferroviário que emanava do vagão.

Não sabe exatamente em que momento tudo começou a se distorcer. Aconteceu sem que percebesse. Foi por causa da maldita fuligem. Um dia as ruas começaram a cheirar à estação ferroviária. Fediam a fumaça de incêndio, a couro. Botas altas bem-engraxadas, correames, camisas pardas, cinturões com fivela, adornos militares... Numa terça-feira, na saída do cinema, ela e sua amiga Ruth viram um grupo de rapazes na colônia Weissenhof cantando o hino nazista. Eram apenas filhotinhos. Não lhes deram maior importância. Depois veio a proibição de comprar nos estabelecimentos judeus. Lembrava-se de sua mãe sendo expulsa por um comerciante, abaixando-se para pegar o cachecol que tinha caído na porta após o empurrão. Esta imagem era como um hematoma em sua memória. Um cachecol azul sujo de neve. Quase ao mesmo tempo começou a queima de livros e partituras. Depois as pessoas começariam a lotar os estádios. Mulheres bonitas, rapazes sadios, honrados pais de família. Não eram fanáticos, mas gente normal, vendedores de aspirinas, donas de casa, estudantes, até discípulos de Heidegger.

Todos ouviram bem os discursos, não foram enganados. Sabiam o que estava acontecendo. Tinham que escolher e escolheram. Escolheram.

Em 18 de março, às sete da noite, uma patrulha das SA a deteve na casa de seus pais. Chovia. Deviam estar procurando Oskar e Karl, mas, como não os encontraram, levaram-na.

Fechaduras quebradas, armários abertos, gavetas reviradas, papéis espalhados... Na inspeção encontraram a última carta que Georg tinha enviado da Itália. Segundo eles, emanava lixo bolchevique. O que esperavam de um russo? Georg nunca foi capaz de falar de amor sem recorrer à luta de classes. Pelo menos havia conseguido fugir e estava a salvo. Disse a eles a verdade, que o tinha conhecido na universidade. Ele estudava medicina em Leipzig. Eram quase namorados, mas cada um ficava em seu círculo. Ele nunca a acompanhava às festas a que era convidada por seus amigos, e ela não perguntava por suas reuniões de madrugada. "A política nunca me interessou", disse. E isto deve ter parecido convincente. Imagino que a indumentária tenha ajudado. Usava a saia grená que a tia Terra lhe presenteara por sua formatura, sapatos de salto alto e camisa de colarinho aberto, como se as SA tivessem ido prendê-la justo no momento em que estava saindo para dançar. Sua mãe sempre dizia que se vestir adequadamente podia lhe salvar a vida. Tinha razão. Ninguém encostou nela.

Enquanto a conduziam pelo corredor até a cela, ouvia os gritos dos interrogatórios que ricocheteavam na ala oeste. Quando chegou sua vez, representou bem seu papel. Uma jovem ingênua e assustada. Estava mesmo, mas não tanto a ponto de deixar de pensar. Às vezes estar viva só depende de manter a cabeça no lugar e todos os sentidos em alerta. Ameaçaram mantê-la na prisão até que Karl e Oskar se entregassem, porém conseguiu persuadi-los de que realmente não podia dar nenhuma informação. A voz entrecortada, os olhos muito abertos, o sorriso delicado.

De noite ficava no catre, calada, fumando, olhando para o teto, com o orgulho levemente ferido e vontade de acabar de vez com todo aquele teatro. Pensava em seus irmãos, rezava para que tivessem conseguido passar à clandestinidade, atravessar a Suíça ou a Itália, como Georg. Planejava também sua fuga quando conseguisse sair dali. A Alemanha não era mais o seu país. Não pensava em uma escapada temporária, mas em começar uma nova vida. Os idiomas aprendidos teriam que servir para alguma coisa. Precisava se mandar dali. Ia conseguir. Tinha certeza. Para isto tinha uma estrela.

O trem voltou à luz com solavancos dignos de uma carreta cruzando montanhas. Entraram em outra paisagem. Um rio, uma granja rodeada de macieiras, pequenas aldeias com chaminés expelindo fumaça. Do alto de uma colina, algumas crianças levantaram os braços até a linha do entardecer, movendo as mãos da esquerda para a direita quando o trem deixou a última curva.

A primeira estrela cadente que viu foi em Reutlingen, quando tinha 5 anos. Voltavam caminhando do forno de Jakob com um bolo de sementes e leite condensado para o jantar. Karl ia à frente chutando pedras; Oskar e ela sempre ficavam um pouco para trás, e então Karl apontou para o céu com seu dedo de irmão mais velho.

— Olhe, trutinha, faça um desejo. — Sempre a chamavam desta forma. A escuridão lá em cima tinha a cor das ameixas. Três crianças enlaçadas pelos ombros olhando o céu enquanto caíam, de duas em duas, de três em três, como punhados de sal, as estrelas. Ainda hoje, quando se lembra disto, pode sentir o cheiro da lã das mangas dos pulôveres em seus ombros.

— Um cometa é um presente da sorte — disse Oskar.

— Como um presente de aniversário? — perguntou ela.

— Melhor. Porque é para sempre.

Há coisas que irmãos e irmãs sabem, o tipo de detalhes que um espião usa para provar sua identidade. Lembranças que deslizam sob a grama alta da infância.

Karl sempre foi o mais esperto dos três. Ele a ensinou a se comportar em caso de prisão e a utilizar os códigos secretos de comunicação empregados pelas Juventudes Comunistas, batendo na parede as letras do alfabeto. Pelo menos serviu para ganhar o respeito das companheiras de cela. Para sobreviver na prisão é necessário reforçar ao máximo os mecanismos de ajuda mútua. Você vale exatamente o que sabe. Oskar, entretanto, explicou-lhe como se fortalecer por dentro para resistir, ocultar suas debilidades, comportar-se com aprumo, segura de si. Que as emoções não a traiam, dizia, o perigo se fareja. É preciso vê-lo chegar. Ela olhou em volta com receio. Um dos passageiros com quem dividia o vagão não parava de fumar. Estava vestido de preto. Abriu a janela para a fumaça sair e apoiou os braços no caixilho do vidro. Uma garoa muito tênue molhou seu cabelo e esfriou sua pele. Posso farejá-lo, pensou. Está aqui, ao meu lado. Você tem que pensar mais rápido que eles, evapore, escorra, desapareça da forma como é, transforme-se em outra coisa, dizia ele. Assim aprendeu a inventar um personagem, a representar, como quando era adolescente e brincava com a amiga Ruth de imitar as atrizes do cinema mudo no sótão, com gestos provocantes, segurando entre os dedos um cigarro com piteira longa. Asta Nielsen e Greta Garbo. Sobreviver é fugir para a frente.

Soltaram-na ao fim de duas semanas. No dia 4 de abril. Havia uma dália vermelha e um livro aberto no balcão da janela. As intercessões familiares por meio do cônsul da Polônia foram bastante efetivas. Mas ela sempre achou que saiu dali graças à sua boa estrela.

Sentir a influência das constelações no mundo não é nenhuma metáfora, como também não o é comprovar a incrível precisão dos minerais apontando sempre para o polo magnético. As estrelas guiaram cartógrafos e navegantes durante milênios, enviando sua mensagem de milhões de anos-luz. Se as ondas sonoras se difundem pelo éter, em algum lugar da galáxia devem estar também os salmos, as ladainhas e as preces dos homens flutuando entre as estrelas.

Javê, Eloim, Siod, Brausen, quem quer que seja, senhor das pragas e dos oceanos, legislador do caos e das multidões aniquiladas, dono do acaso e da destruição, salve-me. O trem fazia sua entrada na plataforma sob o arco de ferro da Gare de L'Est. Do outro lado da janela se estendia o habitual vaivém de passageiros em uma manhã laboral; a moça abriu o caderno de anotações e escreveu.

"Quando não há um mundo ao qual se pode retornar, é necessário confiar na sorte. Capacidade de improvisação e sangue-frio. Estas são as minhas armas. Usei-as desde criança. Por isto continuo viva. Meu nome é Gerta Pohorylle. Nasci em Stuttgart, mas sou cidadã judia com passaporte polonês. Acabo de chegar a Paris, tenho 24 anos e estou viva."

II

Soou a campainha da porta, e ela ficou imóvel diante do fogão com o bule na mão, contendo o fôlego. Não esperava ninguém. Da janela da água-furtada via-se uma nuvem cinza que comprimia os telhados da rue Lobineau. O vidro estava quebrado e colado com uma tira de esparadrapo que Ruth colocara cuidadosamente. Dividiam aquele apartamento desde sua chegada a Paris.

Gerta mordeu o lábio até sair um pouco de sangue. Achava que o medo havia acabado, mas não. Isto é uma coisa que aprendeu. Que o medo, o de verdade, uma vez que se instala no corpo, não vai nunca mais embora. Ele fica ali, escondido em forma de apreensão, mesmo que não haja motivo e você se encontre a salvo em uma cidade de telhados inclinados, sem calabouços onde espancar uma pessoa até matá-la. Era como se ao descer uma escada faltasse sempre um degrau. Conheço esta sensação, pensou, recuperando o ritmo da respiração, como se a subida de adrenalina lhe tivesse alertado a coragem. O medo estava agora nos ladrilhos da cozinha sobre os quais deixara cair um pouco de chá. Ela o reconheceu como quem identifica um antigo companheiro de viagem. Sabendo onde está cada um. Você fica aí. Eu, aqui. Cada qual no seu lugar. Talvez isto seja bom, pensou. Quando a campainha tocou pela segunda vez, colocou o bule na mesa bem devagar e decidiu abrir.

Um rapaz magro com um começo de bigode despontando acima do lábio superior se inclinou diante dela com uma espécie de reverência antes de entregar uma carta. Era um envelope alongado, sem carimbo oficial, mas com o selo azul e vermelho do Centro de Ajuda ao Refugiado. Seu nome e endereço estavam escritos a máquina com letras maiúsculas. Enquanto afastava a aba, sentia a pulsação do sangue nas têmporas, lenta, como a que deve sentir um réu à espera do veredito. Culpado. Inocente. Não entendia bem o que dizia a carta, precisou lê-la várias vezes, até que a rigidez dos músculos desapareceu e sua expressão foi mudando tal qual o sol que sai de trás de uma nuvem; não que agora sorrisse, mas o sorriso passou a habitá-la por dentro, a ocupar todos os traços de seu rosto, não só a junção dos lábios mas também seus olhos, sua maneira de contemplar o teto como se a pluma de um anjo revoasse por ali. Há coisas que só os irmãos sabem como dizer. E, uma vez que as dizem, tudo volta ao seu lugar, o universo inteiro se reorganiza. Um trecho de um romance de aventura lido quando crianças em voz alta, na escada da varanda antes do jantar, pode conter um código secreto cujo significado ninguém mais é capaz de interpretar. Por isto, quando Gerta leu: *"Diante de seus olhos, perfilava-se o curso sinuoso de um rio, um recinto fortificado no qual se elevavam duas catedrais, três palácios e um arsenal"*, sentiu o calor da luz do lampião subindo pelas mangas do pulôver, iluminando a ilustração da capa em que um homem com as mãos amarradas caminhava atrás de um cavalo cavalgado por um tártaro em uma paisagem nevada... Então soube com toda certeza que o rio era o Moscovo, o recinto amuralhado era o Kremlin e a cidade era Moscou, tal como aparecia descrita no primeiro capítulo de *Miguel Strogoff*. E respirou tranquila porque entendeu que Oskar e Karl estavam a salvo.

Esta notícia fez com que sentisse uma intensa energia interior, uma exaltação vital que necessitava expressar com urgência. Queria contar a Ruth, a Willi, aos outros. Olhou-se no espelho que recobria a porta do guarda-roupa. As mãos enfiadas nos bolsos, o cabelo louro e curto emoldurando o rosto, as sobrancelhas altas. Examinou-se de maneira pensativa e precavida, como se de repente se encontrasse diante de uma desconhecida. Uma mulher de apenas 1,50m de altura, o corpo pequeno e fibroso como o de um jóquei. Nem muito bonita, nem muito esperta, uma refugiada a mais entre os 25 mil que chegaram a Paris neste ano. As mangas da camisa arregaçadas sobre os braços, a calça cinza, o queixo ossudo. Aproximou-se um pouco mais do espelho e percebeu algo nos olhos, uma espécie de obstinação involuntária que não quis ou não soube interpretar. Limitou-se a tirar o batom de uma gaveta do criado-mudo e, abrindo ligeiramente a boca, perfilou seu sorriso com um vermelho furioso, quase indecente.

Às vezes você pode estar a centenas de quilômetros de casa, em uma água-furtada do Quartier Latin, com manchas de umidade no teto e encanamentos que ressonam como o apito de um navio, sem saber muito bem o que vai ser da sua vida, sem visto de permanência, somente com o dinheiro que os amigos de Stuttgart conseguem enviar ocasionalmente; você pode descobrir as razões mais antigas do desarraigamento, sentir a mesma desolação na alma compartilhada por todos aqueles que se viram obrigados a percorrer os mil metros mais longos de sua vida, e olhar-se então no espelho e descobrir que, no entanto, há em seu rosto uma vontade decidida de felicidade, uma resolução entusiasta, irredutível, sem fissuras. Talvez, pensou, este sorriso seja meu único privilégio. Os lábios mais vermelhos de toda Paris naqueles dias.

Agarrou a capa do cabideiro correndo e saiu para a manhã das ruas.

Há meses que a cidade do Sena era um fervedouro de ideias, um lugar propício para os pensamentos mais audaciosos. Os cafés de Montparnasse, abertos a todas as horas, transformaram-se no coração do mundo para os recém-chegados. Trocavam endereços, rastreavam possibilidades de emprego, comentavam as últimas notícias da Alemanha, de vez em quando aparecia também algum jornal berlinense. O habitual era fazer toda a rota, indo de mesa em mesa, para obter um resumo completo dos acontecimentos do dia. Gerta e Ruth costumavam se encontrar no terraço do Dome, e era precisamente para lá que se dirigia Gerta, com sua peculiar maneira de andar, as mãos nos bolsos da capa, os ombros encolhidos pelo frio ao atravessar a rue de Seine. Gostava daquela luz cinzenta, dos horários generosos, das calhas de chumbo dos telhados, das janelas abertas e das ideias do mundo.

Mas Paris não era só isto. Muitos franceses consideravam a avalanche de refugiados como um peso. Ruth costumava dizer que "Os parisienses o abraçam e depois o deixam tremendo de frio no meio da rua", e não lhe faltava razão. O destino dos judeus europeus começava a cobrir as paredes da cidade como ocorrera antes em Berlim, em Budapeste, em Viena... No caminho, junto à estação de Austerlitz, onde devia recolher um pacote, Gerta viu um grupo de jovens da Croix de Feu colando cartazes antissemitas na parede do metrô e se fez noite de repente. Outra vez um cheiro acre de fuligem lhe subiu à garganta. Aconteceu de repente e foi muito diferente do medo que sentira em casa ao ouvir a campainha. Parecia mais uma explosão incontrolável, uma sensação de atordoamento que a fez gritar de um jeito seco e forte, com uma voz que não se parecia nada com a sua.

— *Fascistes! Fils de pute!* — Ouviu-se xingá-los, alto e claro, em um francês perfeito. Foi exatamente isto o que disse. Eram cinco. Todos com jaquetas de couro e botas de cano alto como galos com seus esporões. Mas onde diabos estava seu aprumo e seu sangue-frio? Pensou nisto, arrependida, quando já era tarde demais. Um ancião que saía da agência de correios a olhou de cima a baixo com reprovação. Os franceses sempre tão comedidos.

O mais alto do grupo se voltou encorajado e começou a caminhar em direção a ela a grandes passadas. Poderia ter se refugiado em uma loja, ou em um café, ou no próprio escritório de encomendas postais, mas não o fez. Não pensou. Limitou-se a mudar de direção, entrando em uma rua estreita com sacadas. Caminhou procurando não acelerar o passo, com a bolsa apertada contra o ventre para proteger-se instintivamente, atenta aos passos que ouvia às suas costas, cautelosa, sem se virar. Ainda não tinha percorrido uma quadra quando escutou perfeitamente, palavra por palavra, o que aquele indivíduo falou atrás dela, apontando-a. A voz cortante como a borda de um serrote. E então, sim, começou a correr. Com todas as suas forças. Sem se importar para onde, como se correr não respondesse à ameaça precisa que acabava de ouvir, mas a um tipo de impulso distinto, uma coisa que estava dentro dela e a perturbava como se estivesse presa em um labirinto. E estava. Tinha a boca seca e sentia uma pontada de vergonha e humilhação subindo pelo esôfago, como quando era criança e as colegas riam de seus hábitos no colégio. Voltava a ser aquela menina de blusa branca e saia pregueada a quem proibiam tocar moedas durante o sabá e que, no fundo de sua alma, odiava com todas as forças ser judia porque a tornava vulnerável. Ser judia era um cachecol azul sujo de neve na soleira de um armazém de especiarias, e sua mãe agachada, abaixando a cabeça. Agora se desviava bruscamente dos transeuntes que encontrava pela frente, obrigando-os a se virar para encará-la com assombro: uma jovem com tanta pressa só pode estar fugindo de si mesma. Entrou em um beco com mansardas cinzentas e um cheiro de sopa de couve-flor que lhe revirou o estômago. E ali não teve mais remédio, a não ser parar. Agarrou-se a um cano de chumbo de um canto e vomitou de repente todo o chá do café da manhã.

Passava do meio-dia quando chegou finalmente ao terraço do Dome. A pele suada, o cabelo molhado jogado para trás.

— Mas que diabos aconteceu? — perguntou-lhe Ruth.

Gerta afundou as mãos nos bolsos com os ombros encolhidos e se jogou em uma das poltronas de vime, mas não respondeu. Ou pelo menos não o fez de modo claro.

— Esta noite quero ir ao Chez Capoulade. — Foi tudo o que decidiu dizer. — Se quiser me acompanhar, ótimo. Se não, irei sozinha.

A amiga a observou com repentina seriedade. Seus olhos pareciam estar opinando, tirando conclusões por sua conta. Conhecia-a muito bem.

— Tem certeza?

— Sim — respondeu.

Aquilo podia significar muitas coisas, pensou Ruth. E uma delas era voltar ao princípio. Cair no mesmo lugar do qual pensavam estar fugindo. Mas não disse nada. Entendia. Como não ia entender, se ela mesma tinha vontade de que todos os demônios a levassem cada vez que se via obrigada a desviar os recém-chegados do centro de refugiados da seção 4, onde colaborava, para outros bairros, onde sabia que também seriam rechaçados porque já não havia maneira de proporcionar abrigo e comida para todos? A maior leva tinha chegado no pior momento, quando o número de desempregados aumentara enormemente. Muitos franceses achavam que iam lhes tirar o pão da boca, por isto cada vez mais eram convocadas manifestações antissemíticas nas ruas. Um cerco que vinha da Alemanha e se estreitava perigosamente por toda parte.

Os refugiados tinham que passar uns aos outros a mesma nota de 1.000 francos para apresentar diante das autoridades francesas das aduanas, e obter assim a permissão de entrada, justificando ganhos suficientes. Mas Gerta e Ruth não estavam tão indefesas. As duas eram bonitas e jovens, tinham amigos, falavam idiomas, sabiam se virar.

— O que você precisa é de um homem equilibrado — disse Ruth enquanto acendia um cigarro, de um jeito que evidenciava seu desejo de mudar de assunto. — Talvez assim perca a vontade de arranjar encrenca. Não sabe estar sozinha, Gerta, reconheça, fica com ideias estranhas.

— Não estou sozinha. Tenho o Georg.

— Georg está muito longe. — Ruth voltou a fitá-la com uma mínima expressão de reprovação. Sempre acabava fazendo-se de babá com ela, não porque fosse alguns anos mais velha, mas porque as coisas sempre tinham funcionado assim entre as duas. Preocupava-a que a outra voltasse a se meter em confusões, e tentava evitar isto da melhor forma que sabia, sem perceber que às vezes o destino embaralha as cartas e, fugindo do cão, encontramos o lobo. O inesperado chega sempre sem sinais que o anunciem, de modo casual, da mesma forma que poderia não chegar. Como um encontro, uma carta. Tudo acaba por chegar. Até a morte chega, mas a esta há que saber esperar. — Hoje conheci um húngaro meio louco — acrescentou com uma piscada cúmplice. — Quer tirar umas fotos minhas. Diz que precisa de uma loura para uma campanha publicitária. Imagine, uma companhia suíça de seguros de vida... — disse, e seu rosto resplandeceu com um sorriso que era uma mistura de brincadeira e leve vaidade. A verdade é que qualquer um poderia imaginá-la perfeitamente em um anúncio deste tipo. Tinha um semblante saudável e rosado, emoldurado por uma cabeleira chanel loura com a risca à esquerda e uma onda sobre a testa que lhe dava um ar de atriz de cinema. Ao seu lado, Gerta, com o cabelo cortado à *garçonne*, as maçãs do rosto muito ossudas e os olhos um tanto maliciosos, jaspeados de pintas verdes e amarelas, não passava de uma beleza exótica.

Agora as duas riam abertamente recostadas nas poltronas de vime do terraço. Isto era o que Gerta mais gostava na amiga, sua facilidade para encontrar sempre um lado divertido nas coisas, para tirá-la dos becos mais escuros de seu pensamento.

— Quanto vai pagar? — perguntou pragmática, sem se esquecer de que, por mais que a ideia a divertisse, não deixavam de ser sobreviventes. Não era a primeira vez que atuar como modelo solucionava alguns dias de aluguel ou pelo menos um jantar.

Ruth balançou a cabeça para os lados, como se lamentasse seriamente defraudar suas expectativas.

— É um dos nossos — disse. — Um judeu de Budapeste. Está sem um franco.

— Que pena! — concedeu Gerta, estalando os lábios de um modo deliberadamente teatral. — Pelo menos é bonito? — brincou. Agora voltava a ser a moça frívola e alegre do clube de tênis de Waldau. Mas foi só um reflexo longínquo. Ou talvez não. Talvez houvesse duas mulheres lutando dentro dela. A adolescente judia que queria ser Greta Garbo, que adorava o estilo, os vestidos caros e sabia os poemas antigos de cor, e a ativista rígida e sonhadora que desejava mudar o mundo. Greta ou Gerta. Nesta mesma noite a segunda ia ganhar dois palmos de território.

O Chez Capoulade ficava em um porão sem ventilação situado no número 63 do boulevard Saint Michel. Ali se reuniam há meses militantes de esquerda de toda a Europa, muitos deles alemães, alguns do grupo de Leipzig, como Willi Chardack. Na última hora o local ficava à meia-luz, a atmosfera das catacumbas. Estavam todos: os impacientes, os severos, os duros, os partidários da ação direta, os crédulos. Olhares acesos, a expressão crispada, abaixando a voz para dizer que André Breton tinha decidido entrar no Partido Comunista ou para citar um editorial do *Pravda*, fumando um cigarro atrás do outro, como jovens corsários, uns citando Marx, outros Trotski, em uma estranha dialética de conceitos e abjurações, teorias e controvérsias. Gerta não participava da discussão ideológica. Mantinha-se à margem, concentrada em si mesma. Não entendia muito de tudo aquilo. Estava ali porque era judia e antifascista, e talvez também por uma espécie de orgulho que não combinava muito com aquela linguagem de axiomas, citações, anátemas e dialética do materialismo histórico. Sua cabeça estava ocupada por outras palavras distintas ouvidas nesta mesma manhã perto da estação de Austerlitz. Palavras que por instantes conseguia realmente esquecer, mas que quando menos esperava voltavam outra vez à sua mente com o som rasante de um serrote.

— *Je te connais, je sais qui tu es.*

III

Caminhava pensativa atrás deles sem dar um passo em falso. Ruth havia insistido tanto que não restou outro remédio senão acompanhá-la. As árvores dos jardins de Luxemburgo filtravam a luz como se estivessem passeando sob uma enorme abóbada de vidro, um dos bulevares mais transitados de toda a literatura. De repente, Ruth parou sob um castanheiro-da-índia, usava um casaco grená. Apoiou as costas no tronco e sorriu. Clique. Tinha o dom para posar. Visto de perfil, seu rosto trazia reminiscências clássicas. O céu se recortava por cima de sua cabeça como a mandíbula de um antílope. Clique. Continuou andando com a gola do casaco levantada, deu três passos e se virou, olhando zombeteira para a câmera, com a cabeça um pouco inclinada. Clique. Passou sem se alterar diante das estátuas dos grandes mestres: Flaubert, Baudelaire, Verlaine... mas fez uma pequena reverência diante do busto de Chopin. Clique. O sol salpicava de cor os galhos mais altos. Seus passos rangiam no cascalho do caminho principal, os franceses sempre empenhados em racionalizar o espaço, em colocar grades no campo. Molhou a ponta dos dedos na superfície do lago e salpicou, brincalhona, o fotógrafo. Clique.

Gerta observava e calava-se, como se aquilo não fosse de sua conta. Afinal tinha ido só porque a amiga não confiava totalmente no húngaro. No entanto havia alguma coisa em toda aquela brincadeira que a fascinava. Nunca havia se interessado por fotografia, mas adivinhar o movimento invisível da mente que elegia o enquadramento de cada foto lhe pareceu um exercício de precisão absoluta. Como caçar.

A câmera era leve e compacta, uma Leica de alta velocidade com duas lentes e obturador plano.

— Acabo de resgatá-la da casa de penhores — desculpou-se o húngaro sorrindo, com o cigarro meio de lado. Seu nome, André Friedmann. Olhos negros, muito negros, de spaniel, uma pequena cicatriz em forma de meia lua na sobrancelha esquerda, pulôver de gola alta, jeito de ator de cinema com uma pequena expressão de desdém no canto do lábio superior. — É minha namorada — brincou, acariciando a câmera. — Não consigo viver sem ela.

Tinha chegado ao encontro acompanhado por um amigo polonês, David Seymour, também fotógrafo e judeu. Magro, tímido, com óculos de intelectual, a quem André chamava de Chim. Pareciam amigos há muito tempo, destes que bancam os durões, põem um copo na mesa e aguentam o que vier sem pigarrear. Uma amizade como a de Gerta e Ruth em certo sentido, embora distinta. Entre homens sempre é distinto.

Enquanto passeavam de volta para o Quartier Latin, a conversa girou em torno da história de cada um, de onde vinha, como tinha chegado até ali, aventuras de refugiados... Por outro lado, havia o cenário: Paris, setembro, altos plátanos, o tempo que passa depressa quando se é jovem ou se está longe, e mais à frente, próximo à rue du Cherche-Midi, o som de um acordeão avançando como um peixe vermelho calçada acima... A esta altura, Gerta já tivera a oportunidade de estudar a situação de perto. Caminhava ao lado de André como se isto fosse parte da ordem natural das coisas. Acoplavam-se bem no passo, sem tropeçar nem se estorvar, mas medindo a distância. Gerta fumava devagar e falava sem olhar diretamente para ele, atenta apenas à análise psicológica. Pareceu-lhe um tanto presunçoso, bonito, ambicioso, muito previsível às vezes, assim como todos, sedutor certamente, um tanto vulgar também, pouco refinado, de escassas maneiras. Mas então a mão dele tocou invasora sua cintura por baixo do pulôver, ao atravessar para o canal de Saint Martin. Não chegou nem a um décimo de segundo, mas foi suficiente. Fósforo puro. A reação imediata de Gerta foi se colocar em guarda. Quem diabos aquele húngaro pensava que era? Virou-se para ele com brutalidade para dizer alguma coisa desagradável, as pupilas brilhantes com brasas verdes de raiva. André se limitou a sorrir um pouco, de uma maneira que era ao mesmo tempo sincera e desarmada, quase tímida, como um menino flagrado em um erro. Tinha algo nos olhos, uma espécie de incerteza que lhe conferia certo encanto. Seu afã de agradar era tão evidente que Gerta sentiu uma coisa terna por dentro, como quando na infância a repreendiam por alguma coisa que não tinha feito e se sentava nas escadas da varanda segurando as lágrimas. Cuidado, pensou. Cuidado. Cuidado.

A sessão de fotos foi no mínimo didática. André e Chim falavam da fotografia como se fosse uma sociedade secreta, uma nova seita do judaísmo esotérico cujo espectro de ação podia abranger de um comício de Trotski em Copenhague a uma excursão europeia dos cômicos norte-americanos Laurel e Hardy, que André tinha fotografado recentemente. Gerta achou este um modo interessante de se ganhar a vida.

— Não se engane — desanimou-a. — Há muita concorrência. Metade dos refugiados de Paris é fotógrafo ou aspira a sê-lo.

Falava sobre tintas de impressão, filmes de 35 milímetros, abertura de diafragma, secadoras manuais e secadoras com tambor como se fossem as chaves de um universo novo. Gerta ouvia e registrava. Sentia-se bem aprendendo coisas novas.

O dia acabou prolongando-se por praças e cafés. Era o momento perfeito, quando as palavras ainda não significam grande coisa e tudo acontece com leveza: o gesto de André de proteger a chama com o côncavo dos dedos para acender um cigarro. Mãos morenas e seguras. O modo de Gerta caminhar, olhando para o chão e girando um pouco à esquerda, como se desse a ele a oportunidade de ocupar este lugar, sorrindo. Ruth também sorria, mas de outra maneira, entre fatalista e resignada com o protagonismo da outra, como se pensasse que a amiga fosse uma mosca-morta. Mas não achava isto de verdade. Um simples jogo de rivalidade feminina. Caminhava atrás deles, dando atenção ao polonês porque este era o papel que lhe havia tocado nesta noite e o cumpria o melhor que podia. Hoje por você. Amanhã por mim. Chim a deixava falar dividido entre a fascinação e a condescendência, olhando-a como se estivesse na margem oposta, da maneira como olham alguns homens para as mulheres que lhes parecem inalcançáveis. Cada um à sua maneira sentia o influxo da lua que aparecera em um canto do céu radiante, luminosa, como uma vida cheia de possibilidades ainda não desveladas, de acasos matemáticos, de princípios de incerteza. E, mais à frente, em algum círculo da noite, as luzes coloridas, a música de uma vitrola... Tinham jantado os quatro em um restaurante que André conhecia com mesas pequenas e toalhas de xadrez vermelho e branco. Pediram o menu barato de pão de centeio, queijo e vinho branco. Chim apontou para uma mesa muito concorrida no fundo do local onde a conversa parecia girar em torno de um sujeito alto que usava um gorro de lã com uma espécie de lanterna na cabeça, como um mineiro.

— É Man Ray — disse. — Anda sempre cercado de escritores. O que está ao seu lado com gravata e de cara feia se chama James Joyce. Um cara esquisito. Irlandês. Quando está muito bêbado, vale a pena ouvi-lo... — Em seguida, Chim levantou a ponte dos óculos com o indicador e voltou ao seu silêncio. Não falava muito, mas, quando o fazia, induzido ou não pelo álcool, dizia coisas pessoais, sempre em tom baixo, como com seus botões. Gerta sentiu por ele uma simpatia imediata. Pareceu-lhe tímido e culto como um erudito talmudista.

Josephine Baker cantava na vitrola "J'ai deux amours", que remetia a ruas estreitas e negras, como enguias. Havia um rumor ondulado de conversas, fumaça de cigarro, o ambiente propício para as confidências.

André era quem conduzia a conversa. Deixava cair as palavras como quem quer encurtar distâncias. Falava com veemência, dono de si, de vez em quando fazia uma pausa para dar uma tragada no cigarro antes de voltar a discursar de novo. Estavam há mais de um ano em Paris, disse, tentando abrir caminho, sobrevivendo à base de encomendas de publicidade e trabalhos esporádicos. Chim trabalhava para a revista *Regards*, do Partido Comunista, e vivia de serviços ocasionais para distintas agências. Era importante ter amigos. E ele tinha. Conhecia gente na Agência Le Centre e na Anglo Continental... húngaros da diáspora, como Hug Block, um homem miúdo, como se fosse para confiar nos húngaros. Brincava, ria, falava alguma coisa. Às vezes olhava para o fundo do local e se virava de novo para Gerta, perfurando-a com o olhar. Estas são minhas credenciais, parecia querer dizer. Ela ouvia pensativa, fazendo suas próprias reflexões, a cabeça um pouco inclinada. Seus olhos não ofereciam promessas fáceis. Tinham algo de punitivo, com faíscas penetrantes, como se estivessem comparando ou tentando distinguir o que soava novo e o que já haviam ouvido, talvez ousando fazer um julgamento não muito piedoso. André teve a impressão de que seus olhos eram surpreendentemente claros, cor de azeite, jaspeados com nervuras verdes e violeta, as flores dos canteiros de sua infância em Budapeste. Continuou falando, crédulo. A Association des Écrivains et des Artistes Révolutionnaires também lhes dava uma ajuda de vez em quando. A solidariedade dos refugiados. Foi justamente nas reuniões da associação que conheceram Henri Cartier-Bresson, um normando alto e aristocrático, meio surrealista, com quem começaram a revelar fotos no bidê de seu apartamento.

— Se o rotularem como fotógrafo surrealista, você está perdido — disse André, que falava um francês péssimo, mas se esforçava. — Ninguém lhe dá nenhum trabalho. Você se transforma em uma flor de estufa. No entanto, se disser que é repórter gráfico, pode fazer o que tiver vontade.

Não necessitava de perguntas diretas para contar sua vida. Era extrovertido, conversador, expansivo. Gerta imaginou-o muito jovem. Deu-lhe 24 ou 25 anos. Na verdade, acabava de completar 20 e ainda tinha aquela ingenuidade dos garotos quando brincam de se fingir de heróis. Exagerava e adornava muito as próprias façanhas. Mas tinha carisma; quando ele falava, só cabia escutar. Como ao contar sobre o motim na posse do governo de Daladier. Gerta e Ruth se lembravam perfeitamente. Era 6 de fevereiro, um dia de chuva. Os fascistas tinham anunciado uma manifestação colossal em frente ao Palais Bourbon, e a esquerda, por sua vez, respondeu organizando várias contramanifestações. Resultado, uma batalha em campo aberto.

— Consegui chegar até Tours-la-Reine no carro de Hug e depois segui a pé até a Place de la Concorde, com a intenção de atravessar a ponte para a Assemblée Nationale. — André tinha passado agora ao alemão, que dominava bem melhor. Estava apoiado na borda da mesa, os braços cruzados. — Havia mais de duzentos policiais a cavalo, seis furgões e um cordão policial dividido em colunas de cinco. Era impossível atravessar. Mas então as pessoas cercaram um dos ônibus de passageiros, e aí começou tudo: o fogo, as pedradas, os vidros quebrados, o corpo a corpo entre os fascistas da Action Française e das Jeunesses Patriotes contra os nossos. À noite foi ainda pior. Não restava uma única lâmpada acesa. A única luz vinha das tochas e das fogueiras improvisadas. — Levou o cigarro aos lábios enquanto olhava diretamente para Gerta; falava com veemência mas também com algo a mais, vaidade, hábito, orgulho masculino, esta coisa que os homens colocam na cabeça e os faz se comportarem como meninos em um filme de faroeste. — Tinha fumaça por toda parte em meio à chuva. Sabíamos que os bonapartistas conseguiram chegar bem perto do Palais Bourbon, então nos reagrupamos para tentar evitá-los. Mas a polícia atirou da ponte indiscriminadamente. Havia vários franco-atiradores deles postados nos castanheiros-das-índias de Tours-la-Reine. Foi uma carnificina: dezessete mortos e mais de mil feridos — disse, expulsando a fumaça do cigarro de repente. — E o pior de tudo — acrescentou — é que não pude tirar nem uma maldita foto. Não havia luz suficiente.

Gerta ficou observando-o fixamente, o cotovelo na borda da mesa, o queixo apoiado na mão. Haviam prendido Boris Thalheim neste dia e tinham-no enviado de volta a Berlim, como muitos outros companheiros. Os socialistas e os comunistas continuavam brigando entre si em sua guerra de facções. Seu amigo Willi Chardack acabara com a cabeça rachada e uma clavícula quebrada. Todos os cafés da Rive Gauche se transformaram em enfermarias improvisadas... mas aquele húngaro presunçoso considerava que o pior de tudo era não ter podido tirar sua maldita foto. Certo.

Chim a fitou com os olhos diminuídos pelos vidros grossos de seus óculos, e ela percebeu que naquele exato momento o rapaz a estava observando pensar e talvez não concordasse com suas reflexões, como se no fundo de suas pupilas habitasse o convencimento de que ninguém tem o direito de julgar outra pessoa. O que ela sabia, na verdade, sobre André? Por acaso estava dentro da cabeça dele? Tinham ido juntos à escola? Esteve alguma vez sentada ao lado dele na escada dos fundos de sua casa, acariciando um gato até a madrugada para não ouvir as brigas familiares quando seu pai gastava o salário do mês em uma partida de baralho? Não, evidentemente Gerta não sabia nada sobre a vida dele nem sobre os bairros operários de Pest. Como ia saber? Quando André tinha 17 anos, dois sujeitos corpulentos com chapéu de feltro foram buscá-lo em casa depois de uns distúrbios na ponte de Lánc. No quartel-general da polícia, o delegado-chefe, Peter Heim, quebrou-lhe quatro costelas sem parar em nenhum momento de assobiar a "Quinta sinfonia" de Beethoven. André recebeu o primeiro golpe, direto na mandíbula, com seu riso cínico. O delegado respondeu com um pontapé nos testículos. Desta vez não riu, mas o olhou com todo o desprezo de que foi capaz. As pancadas continuaram até que perdesse os sentidos. Ficou vários dias em coma. Depois de duas semanas, conseguiu sair. Sua mãe, Julia, comprou-lhe duas camisas, um casaco, botas de montanha de forro duplo e duas bombachas, seu uniforme de refugiado, e com 17 anos o colocou em um trem. Nunca mais voltou a ter um lar. O que sabia ela de tudo isto? Era o que pareciam dizer os olhos de Chim, esquadrinhando suas reações atrás das lentes redondas dos óculos.

Era difícil imaginar dois jovens com menor probabilidade de se tornarem amigos do que Chim e André, e, no entanto, se apoiavam como dois planetas sustentando-se no ar. Como são diferentes, pensou Gerta. Chim falava francês perfeitamente. Parecia sério, como um filósofo ou um jogador de xadrez. Por isto Gerta tinha conseguido deduzir, de dois ou três comentários capturados no ar, que era um ateu convicto, mas carregava em si o carma de ser judeu como uma espécie de tristeza, da mesma forma que ela. André, pelo contrário, parecia não complicar muito a vida com estas coisas. Ao que parecia, ele a dificultava de outra maneira, como sempre fizeram os homens. Tudo começou porque um sujeito alto e de bigode se dirigiu a Ruth com um tom não grosseiro, mas galante, de uma galanteria, isto sim, um tanto carregada de álcool. Nada que uma mulher não soubesse resolver por si, sem escândalo, com uma simples resposta que pusesse o francesinho no seu lugar. Mas André não lhe deu tempo; levantou-se, jogando a cadeira para trás com tanta brutalidade que todos os clientes do local se viraram. As mãos um pouco afastadas do corpo, os músculos tensos.

— Calma — pediu Chim enquanto também se levantava e tirava os óculos, caso fosse necessário partir a cara de alguém.

Felizmente não foi necessário. O sujeito se limitou a levantar a mão esquerda em sinal de desculpa, um tanto evasivo e resignado. Um francês educado, apesar de tudo. Ou sem vontade de brigar naquela noite.

A situação, no entanto, não parecia ser nova para eles, observou Gerta. Tinha certeza de que mais de uma vez o assunto devia ter sido resolvido de outra maneira, dava para notar. Há homens que nascem com um impulso inato para brigar. É uma coisa que provavelmente não escolhem, uma espécie de instinto que os faz saltar imediatamente. O húngaro parecia destes, justiceiro, acostumado a pôr em prática com as mulheres as clássicas armas do cavalheiro andante, com uma inclinação perigosa a se meter em duelos a partir do penúltimo copo.

Salvo isto, era, ou aparentava ser, frívolo e versátil quando estava lúcido, tanto em sua vida quanto em seu trabalho. Tinha um senso de humor peculiar. Certa facilidade para rir de si mesmo, de suas tolices, como quando contou que gastou todo o adiantamento que recebera da Agence Central em uma tarde, e teve que empenhar uma câmera Plaubel para pagar o hotel, ou quando destruiu uma Leica ao tentar utilizá-la sob as transparentes águas do Mediterrâneo, quando fazia uma reportagem em Saint-Tropez para os irmãos Steinitz. A agência quebrou depois de poucos meses, e André brincava com a ideia de que ele a tinha afundado com seu catálogo de desastres. Esta naturalidade para caçoar de sua própria estupidez o tornava simpático à primeira vista, divertido. O típico humor húngaro. Podia inclusive chegar a ser cínico sem se esforçar muito, com aquele sorriso lacônico que lhe bastava para dizer tudo o que tinha a declarar e, sobretudo, com aquela maneira de dar de ombros, como se representasse exatamente o mesmo para ele fotografar um herói da revolução bolchevique ou fazer uma reportagem no clube de férias mais chique da Riviera. Curiosamente, esta dualidade não desagradava Gerta. Afinal, ela também gostava de perfumes caros, noites de lua e champanhe.

Não saberia dizer exatamente o que era então que não a convencia naquele húngaro que a encarava de forma interrogativa, uma das mãos apoiando o cotovelo e o cigarro entre dois dedos. Mas era algo, sem dúvida.

André Friedmann parecia cair sempre de pé, como os gatos. Só ele podia cometer um erro tão obtuso sem perder a confiança de seus chefes; ou viajar em um trem alemão com um passaporte sem visto, mostrar com a maior naturalidade ao inspetor o cardápio de um restaurante em vez de os documentos, e conseguir entrar. Das duas uma: ou era muito hábil ou tinha um dom para inclinar qualquer balança a seu favor. Olhando bem, nenhuma das duas qualidades era muito tranquilizadora aos olhos de Gerta.

— Sabe o que é ter sorte? — perguntou encarando-a de frente. — Ter sorte é estar em uma cervejaria em Berlim no momento em que um nazista das SS parte a cabeça de um sapateiro judeu, e não ser você o sapateiro, mas o fotógrafo, e que ainda dê tempo de sacar a câmera. A sorte é uma coisa que se tem grudada na sola dos sapatos. Ou se tem ou não se tem.

Gerta se lembrou de sua estrela. Eu tenho, pensou. Mas não falou nada.

André afastou o cabelo da testa e olhou de novo para o fundo do bar, sem focar em algo específico, momentaneamente abstraído. Às vezes ficava longe, como se estivesse em outro lugar. Todos nós sentimos falta de alguma coisa, uma casa, a rua onde brincamos quando crianças, um par de esquis velhos, as botas do colégio, o livro no qual aprendemos a ler, uma voz repreendendo-nos na cozinha para que terminemos o copo de leite, a oficina de costura na parte de trás da casa, o estalo contínuo dos pedais. A pátria não existe. É uma invenção. O que existe é o lugar onde alguma vez fomos felizes.

Gerta notou que André ia para este lugar às vezes. Estava falando com todos, fazendo alguma fanfarronice, rindo, fumando e, de repente, concentrava-se naquele pontinho no horizonte e já estava longe. Muito longe.

— Você vai acabar dormindo com ele — profetizou Ruth quando finalmente chegaram de madrugada à porta da casa.

— Nem morta.

IV

Qualquer vida, por mais curta que pareça, contém muitos equívocos, situações difíceis de explicar, flechas que se perdem nas nuvens como aviões fantasmas e nunca mais são vistas. Não é fácil organizar todo este material nem sequer para contá-lo para nós mesmos. Disto tratavam os psicanalistas com seu cerco aos sonhos. Areias movediças, escadas em caracol, relógios moles e coisas assim. Mas os sonhos de Gerta não se deixavam apanhar nem ser enquadrados. Eram coisa dela. O que tinha sido sua juventude até agora? Uma traição àqueles que a cercavam ou o desejo de outra vida?

Tinha encontrado trabalho como secretária de meio expediente com um salário modesto no consultório do médico emigrado René Spitz, discípulo de Freud. A interpretação dos sonhos ocupava muito espaço nos primeiros números de suas revistas. Este mundo não era de todo alheio a Gerta. Nos momentos de menos trabalho, lia os relatos de casos com muita avidez, como se quisesse descobrir algum segredo sobre sua própria vida.

As pessoas se defendem dos sonhos de forma diferente. Às vezes, ao chegar em casa, sentava-se na cama com uma caixinha de doce de marmelo onde guardava suas relíquias: brincos de âmbar egípcio, fotos, uma medalhinha de prata com a silhueta de um navio, o desenho a bico de pena do porto de Éfeso que Georg tinha lhe presenteado no último verão. De repente sentiu necessidade de agarrar-se a estas lembranças como a uma tábua de salvação, como se isto fosse protegê-la de alguma coisa. De alguém. Voltou para o mundo de Georg como se vestisse uma armadura. Falava dele a toda hora. Impôs-se a disciplina de lhe escrever com frequência. Fazia planos para ir visitá-lo na Itália. Alguma coisa a havia alterado por dentro, havia irritado ou desconcertado, e buscou o refúgio de um amor conhecido. Isto era o seu limbo, uma região cativa entre a verdade e a ficção. Por quê? Ruth a observava e não falava nada. Conhecia seus mecanismos de defesa desde criança.

Certa manhã, quando Gerta tinha 9 anos, uma de suas professoras no Colégio Rainha Charlotte a deixou de castigo sem poder sair ao pátio. Ela fingiu que não se importava, que na verdade odiava ter que ir ao pátio. Quando finalmente Frau Hellen suspendeu o castigo, ela manteve sua posição. Ficou um ano inteiro sem sair para o recreio, lendo sozinha na carteira, para não lhe dar a satisfação de tê-la ferido com o castigo. Não que fosse orgulhosa, era apenas diferente. Nunca encarou bem o fato de ser judia. Inventava histórias sobre suas origens, como a de Moisés salvo das águas, dizendo que era filha de baleeiros noruegueses ou de piratas, de acordo com o romance que estivesse lendo, ou que seus irmãos pertenciam aos "cavaleiros da Távola-Redonda", que tinha uma estrela...

Mas havia outro tipo de sonho, é claro que havia. Havia o lago, a mesa com toalha de linho, um vaso com tulipas, o livro de John Reed e um revólver. Isto já era outra história.

Uma vez, ao sair do consultório, percebeu passos na calçada às suas costas, mas ao se virar não viu ninguém, só uma meada de ruas e árvores. Continuou andando a partir da Porte d'Orléans pela área de terrenos baldios mais além do boulevard Jourdan, sentindo todo o tempo às suas costas uma inquietação imprecisa, como um leve chiado produzido por um solado de borracha. De vez em quando, uma rajada de vento levantava uma lufada de papéis e folhas que quase a carregava pelo ar com seus escassos 50 quilos. Caminhava enfiada dentro do casaco com uma boina cinza, olhando de soslaio as vitrines das lojas fechadas, sem ver ninguém refletido no vidro. Outubro e suas sombras ofegantes.

Estava magra, sobretudo pelo cansaço. Dormia mal, muitas lembranças iam se apagando em sua memória. Tinha a impressão de que fazia séculos que deixara Leipzig, e, no entanto, não encontrara seu lugar naquela cidade. "Sei que um dia cheguei a Paris", contaria a René Spitz em seu consultório numa tarde em que trocou o avental de enfermeira pelo divã. "Sei que estive um tempo vivendo de empréstimo, fazendo o que outros faziam, pensando o que outros pensavam." Era verdade. A sensação que com mais frequência a inquietava era a de estar vivendo uma vida que não era a sua. Mas qual era a sua? Examinava-se com apreensão no espelho do banheiro, observando cada traço atentamente, como se de um momento para o outro fosse sofrer uma transformação e temesse não se reconhecer. Até que um dia a mudança se produziu. Agarrou-se à pia com as duas mãos, colocou a cabeça debaixo da torneira durante alguns minutos e em seguida sacudiu a água para os lados como um cachorro sob a chuva. Depois voltou a olhar-se devagar no espelho. Então, com supremo cuidado, cobriu todo o cabelo, mecha por mecha, com pasta vermelha de hena e o penteou para trás com os dedos. Gostava da cor do sangue seco.

— Você está parecendo um guaxinim — disse Ruth ao chegar em casa e encontrá-la lendo encolhida debaixo de um monte de cobertores. O cabelo vermelho deixava o rosto mais duro e magro.

Dentro de casa, não tinha receio de se mostrar tal como era. Mas fora, nas reuniões dos cafés, transformava-se em outra. Desdobrar-se, esta era a primeira regra de sobrevivência: saber diferenciar a vida exterior da procissão que caminha por dentro. Era algo que tinha aprendido desde pequena, como se expressar corretamente em alemão pela manhã no colégio e ao chegar em casa falar iídiche. No final do dia, de pijama, encolhida com um livro na mão, Gerta não era mais que uma peregrina diante das muralhas de uma cidade estrangeira. Porta afora, no entanto, continuava sendo a princesa risonha de olhos verdes e calça larga que deslumbrava toda a Rive Gauche.

Paris era uma festa. Os dadaístas se sentiam capazes de transformar qualquer noite em um espetáculo improvisado com uma simples roda de bicicleta, um porta-garrafas e um urinol. Fumavam, bebiam cada vez mais, vodca, absinto, champanhe... assinavam um manifesto por dia. A favor da arte para as massas, dos índios da Araucânia, do gabinete do Dr. Caligari, das árvores japonesas... Assim preenchiam o tempo livre. Os textos de um dia se opunham aos de outro. O carrossel de Paris, e Gerta dando voltas nele, girando sobre si mesma. Assinou manifestos, participou de comícios, leu *A condição humana* de Malraux, comprou uma passagem para uma viagem à Itália que nunca chegou a fazer, bebeu além da conta alguma noite e, principalmente, voltou a vê-lo. Ele. André. E até sonhou com ele. Melhor dizendo, foi um pesadelo. Seu peito se apertava em plena excitação e não a deixava respirar. Acordou gritando, com os olhos esbugalhados, olhando fixamente para o travesseiro. Não queria se mexer, não queria voltar a apoiar a cabeça naquela parte da cama. Ou talvez o sonho tenha sido posterior, quem sabe... Tampouco tem muita importância. O fato é que voltou a vê-lo. Existe a casualidade, é claro. Também existe o destino. Há festas, amigos em comum que são fotógrafos ou eletricistas ou péssimos poetas. Além disso, já se sabe que o mundo é pequeno e em um de seus cantinhos pode caber uma varanda da qual se vê o Sena e se ouve a voz de Josephine Baker como uma rua longa e escura, exatamente no momento em que ela se vira e o húngaro a puxa pelo braço para lhe perguntar:

— É você?

— Bem — respondeu de um jeito dúbio —, nem sempre.

Agora os dois riam como se uma cumplicidade antiga os unisse.

— Não tinha reconhecido — justificou André, olhando-a levemente espantado, porém divertido, com o olho esquerdo um pouco fechado como se fosse atirar de um momento para o outro, tal qual um caçador que mira a presa. — Fica bem com o cabelo assim vermelho.

— Certamente, sim — disse ela voltando a apoiar os cotovelos na balaustrada da varanda. Ia dizer algo sobre o Sena, sobre como o rio parecia bonito nesta noite, com a lua ali acima, quando o ouviu dizer:

— Não me parece estranho que em noites como esta as pessoas se atirem das pontes.

— O quê?

— Nada, uma espécie de verso.

— É que não ouvi mesmo, por causa da música.

— Que às vezes quero me matar, ruiva, entende? — falou agora bem alto, fitando os olhos de Gerta e mantendo o queixo rígido, mas sem deixar de sorrir com uma ponta de sarcasmo no canto dos lábios.

— Sim, agora ouvi, mas não precisa gritar — respondeu ela tirando-lhe o copo, sem se alterar. Até este momento não havia percebido que estava completamente bêbado.

Em um instante já estavam caminhando sozinhos pela ribanceira do rio, e ela o deixava falar, ao mesmo tempo atenta e condescendente, como se o rapaz estivesse com um acesso de febre ou doente de uma coisa sem importância que ia passar logo.

A coisa em si, estivesse ou não passando, poderia ser chamada de decepção, orgulho ferido, vontade de ser amado, cansaço... Acabava de voltar do Sarre, onde fizera uma reportagem para a revista *Vu*. O Sarre..., falou como se estivesse sonhando.

E Gerta entendeu o que ele queria dizer. Ou seja, Sociedade das Nações, carvão, *Bonjour, Guten Tag...* tudo isto. André contou que tinha chegado a Saarbrüken na última semana de setembro avistando bandeiras e cartazes com a suástica por toda parte. Andaram um trecho pela margem um pouco cambaleantes, ele mais que ela, observando a lua, a gola do casaco levantada como uma proteção ao relento do rio. Fora com um amigo jornalista chamado Gorta, continuou dizendo, um sujeito mais parecido com um personagem de Dostoievski que com John Reed, com o cabelo comprido e liso, à *sioux*. As nuvens de pó de carvão penetravam por todos os cantos como um vento em forma de redemoinho. Há ventos constantes e ventos variáveis, que mudam de direção e com sua força podem derrubar um cavalo e seu cavaleiro, ventos que se reorientam em um instante e chegam a mudar o sentido das agulhas do relógio, ventos que podem soprar durante anos, ventos do passado que vivem no presente.

O discurso de André não era muito encadeado. Passava de uma coisa a outra, sem transição, com palavras desajeitadas, mas Gerta, por alguma razão, tinha, pelo menos naquela noite, o dom de enxergar o interior de suas palavras como se fossem imagens: o primeiro plano de um ciclista lendo as listas que os nazistas colavam nos postes de luz, operários bebendo cerveja sob uma cruz gamada ou deitados à sombra dos contêineres, o cinza sujo do céu, a rua principal de Saarbrüken com as bandeiras penduradas nos balcões, pessoas saindo das fábricas, dos cafés, saudando-se com o *"Heil Hitler"*, braço ao alto, sorriso casual, inocente, como se dissessem "Feliz Natal".

Ainda faltavam alguns meses para o plebiscito em que o território deveria decidir entre integrar-se definitivamente à França ou passar a fazer parte da Alemanha. Mas segundo as fotos não havia dúvida. Toda a concha carbonífera era território ganho para o fascismo. "Sarre. Aviso. Alta tensão." Este era o título da reportagem. Texto e imagens assinadas pelo enviado especial: Gorta. O nome de André não aparecia em parte alguma. Como se as fotos não fossem dele.

— Não existo — disse, com as mãos nos bolsos do casaco, dando de ombros, mas ela percebeu perfeitamente como endureciam as rugas verticais que tinha nos cantos da boca. — Não sou ninguém. — Ele sorriu com humor amargo. — Só um fantasma com uma câmera. Um fantasma que fotografa outros fantasmas.

Talvez tenha sido neste momento que ela decidiu adotá-lo, com aqueles olhos de cão spaniel abandonado na margem do Sena. Agora estavam sentados em um banco de madeira. Ouviam as árvores, o rio. Gerta estava com as pernas flexionadas e abraçava os joelhos. O mais perigoso para algumas mulheres é que alguém lhes ponha na mão uma varinha de fada madrinha. Vou salvá-lo, pensou. Posso fazer isto. Talvez me saia caro, e é possível que ele não mereça, mas vou salvá-lo. Não há sensação mais poderosa do que esta. Nem o amor, nem a piedade, nem o desejo. Gerta, no entanto, ainda não tinha aprendido isto, era muito jovem. Por isto acariciou-lhe a cabeça com um gesto a meio caminho entre afagar seus cabelos e checar a febre.

— Não se preocupe — falou, colocando o queixo por cima do pulôver com voz de fada terna. — A única coisa que você precisa é de um *manager*. — Sorria. Seus dentes eram pequenos e luminosos, os dois dianteiros separados no centro por uma pequena ranhura. Não era um sorriso de mulher feita, mas de menina, ou, melhor dizendo, de menino intrépido, um sorriso aventureiro, como o que se exibe diante de um companheiro de brincadeiras. Olhava para ele inclinando um pouco a cabeça, zombeteira, inquisitiva, enquanto uma ideia corria por sua cabeça como um camundongo pelo teto. — Vou ser sua *manager*.

V

No começo foi só uma brincadeira. Desta camisa eu gosto, daquela, não. Quando ele entrava no provador da loja La Samaritaine, ela esperava, displicente, recostada em uma espécie de sofá de veludo vermelho que havia na entrada com as pernas cruzadas, balançando um pé, até que o via sair transformado em modelo, olhava-o de cima a baixo com cara de gozação, as sobrancelhas arqueadas, fazia-o dar uma volta e sempre franzia um pouco o nariz, antes de dar definitivamente sua aprovação. Realmente parecia um ator de cinema: bem-barbeado, camisa branca, gravata, sapatos limpos, o cabelo cortado à moda americana. Os olhos, porém, continuavam sendo os de um cigano. Sobre isto não havia nada a fazer.

Gostava da distância que ele deixava ao seu redor, um espaço necessário para que cada um ocupasse seu lugar. Não se incomodava quando ela o repreendia ou dava muitas orientações. Começou a chamá-la de "a chefa". Este pacto infundia aos dois uma energia particular, como se existisse um código invisível entre eles, quando se encontravam no terraço do Dome, sem terem se ligado previamente, ou quando ele passava assobiando embaixo de sua janela como quem não quer nada, ou quando se encontravam no mesmo restaurante daquela primeira vez por acaso. Embora àquela altura os dois soubessem que um encontro casual era provavelmente o menos casual em suas vidas.

A operação mudança de imagem conseguiu resultado imediato. Gerta tinha razão. Uma vez mais se demonstraram corretos os ensinamentos de sua mãe. A elegância não só pode lhe salvar a vida, como também pode ajudar a ganhar a segunda parte da reportagem sobre o Sarre. Foi a consagração de André. A aparência de sucesso chama o sucesso.

Ruth subiu as escadas apressadamente com o filão de pão para o café da manhã em uma das mãos e o último número da revista *Vu* na outra. "Sarre, segunda parte", rezava a manchete: "o que opinam seus habitantes e em quem vão votar." Gerta a esperava na ponta dos pés na porta, ainda de pijama, com meias grossas e os olhos um pouco inchados com resquícios de sono. Era muito cedo, mas mal podia conter a impaciência. Abriu um espaço na mesinha da cozinha, afastou o bule, as xícaras e desdobrou a revista totalmente como se fosse um mapa do mundo: título relampejante, disposição do texto em diagonal, e as fotos que ela havia visto em folhas de contatos coladas nos azulejos do banheiro apareciam agora amplia-das e bem destacadas na página. Inalou o aroma da tinta de impres-são como o cheiro das figurinhas que comprava quando criança. A assinatura de André Friedmann vinha em caracteres em negrito. Gerta sorriu por cima da camiseta cinza do pijama e levantou ins-tintivamente o punho para o ar em sinal de vitória, exatamente como Joe Jacobs fez ao erguer diante dos flashes da imprensa a luva de campeão de Max Schmeling. Afinal, nem todas as lutas eram travadas dentro do ringue.

Gostava de acreditar que era apenas uma aliança temporária, nada mais. Uma sociedade de ajuda mútua entre judeus refugia-dos. Hoje por você, amanhã por mim. Além disto, pensava Gerta, a sua não era uma ajuda completamente desinteressada. Ela também recebia alguma coisa em troca. Este pensamento lhe dava seguran-ça, como se a reconfortasse. Não se comprometer além da conta. Adotaram o costume de levantar cedo para passear pelo bairro na hora em que começavam a chegar os carrinhos de mão de peixe e fruta aos mercados. Percorriam juntos as ruas das especiarias, atrás da Igreja de Saint Séverin. Ouviam o badalar dos sinos, como um murmúrio entre os dois, enquanto passeavam no frio ar matutino já carregado com o cheiro de carvão e cânhamo. Estrangeiros em uma cidade sonhada. A luz passando do anil ao dourado com um ligeiro resplendor pelo leste. Formavam um casal curioso, um jovem moreno com pulôver e blazer, e uma moça de cabelo vermelho com seus tênis e a Leica ao ombro, como Diana caçadora. Nem sempre levava filme porque não podia se permitir desperdiçar nem um único franco, mas aprendia rápido. Caminhavam cada um no seu lado da calçada, sem se roçar, respeitando as distâncias. Um dia com boa luz, um cigarro... Isto era tudo. Em poucas semanas aprendeu a utilizar a Leica e a revelar fotografias no banheiro, cobrindo a lâmpada com papel celofane vermelho. André a ensinou a se aproximar do alvo. Tem que ficar aí, dizia, grudada na presa, à espreita, para disparar no momento exato, nem um segundo antes, nem um segundo depois. Clique. As lições a tornaram mais precavida e agressiva, embora lhe faltasse determinação na hora de saber enquadrar para escolher uma imagem. Ficava parada em um canto da Notre-Dame, enfocava um ancião de barba rala e gorro de astracã, percebia um fragmento de sua magra bochecha em relação ao arco gótico do Juízo Final, e baixava a câmera. Podia abranger tudo com os olhos, menos o temporal. Não eram mais as ruas de pedra cinza e o céu de prata o que tentava captar. Era outra coisa. Começava talvez a perceber que tinha uma arma na mão, por isto aquelas caminhadas iam se transformando cada vez mais em um ponto de fuga pessoal, uma maneira própria de espiar o mundo, um pouco espantada ainda, talvez muito contraditória. O modo de olhar é também o modo de pensar e encarar a vida. Mais que qualquer outra coisa, queria aprender e mudar. Era o momento perfeito para fazer isto, o instante em que tudo estava por acontecer, em que o rumo da vida ainda podia ser modificado. Muitos meses depois, no auge da madrugada de outro país, sob o matraquear das metralhadoras a 5 graus abaixo de zero, se lembraria deste momento inicial quando a felicidade era sair para caçar e não matar o pássaro.

"A fotografia deixa errar meus pensamentos", escreveu em seu diário. "É como deitar-me à noite no terraço e ficar olhando o céu." Na Galícia, durante as férias, gostava muito de fazer isto. Subir pela janela do quarto até o telhado do terraço e ali, deitada de costas, cavar um buraco no céu noturno sob a brisa do verão sem pensar em nada, em meio à escuridão. "Em Paris não há estrelas, mas há as luzes vermelhas dos cafés. Parecem constelações novas que nasceram no universo. Ontem no terraço do Dome assisti a um apaixonado debate sobre o valor da imagem entre Chim, André e aquele normando magro que os acompanha às vezes, um sujeito curioso, o Henri, muito culto, de boa família, às vezes se nota um pouco nele a consciência das pessoas de classe alta que se sentem culpadas por suas origens e tentam conseguir o perdão mostrando-se mais esquerdistas do que todos. André sempre o provoca dizendo que na casa de Cartier-Bresson nunca atendem o telefone antes de ter lido o editorial do *L'Humanité*. Mas não é verdade. Além de ser esperto e estar fora de sua classe, Henri gosta de ser independente. Discutiam se as fotos deviam ser um documento útil ou o produto de uma busca artística. Tive a impressão de que os três pensavam a mesma coisa com palavras diferentes, mas não entendo muito."

"Às vezes saio com André pelo bairro, olho para um balcão e de repente ali está a foto: uma mulher estendendo roupa no arame. É uma coisa viva, justamente o contrário de sorrir e posar. Basta saber para onde dirigir o olhar. Estou aprendendo. Gosto da Leica, é pequena e não pesa nada. Pode capturar até 36 imagens seguidas, e não é necessário andar carregando as lentes de um lado para o outro. Montamos um laboratório de revelação no banheiro. Ajudo André, escrevo as legendas, datilografo-as em três idiomas e de vez em quando consigo alguma encomenda publicitária para a Alliance Photo. Não é muito, mas me permite praticar e conhecer por dentro o mundo jornalístico. O panorama não é muito alentador. É preciso abrir caminho a cotoveladas, e não é fácil conseguir espaço. Ainda bem que André tem bons contatos. Ruth e eu conseguimos um trabalho novo copiando à máquina roteiros de cinema para Max Ophüls. Além disso, nas quintas-feiras à tarde, continuo indo ao consultório de René. Juntando tudo, temos o suficiente para pagar o aluguel, embora nem sempre seja fácil chegar ao fim do mês. Pelo menos não devo dinheiro a ninguém. Ah, e temos um novo inquilino, um papagaio real das Guianas, presente de André, com o bico alaranjado e a língua preta, está um tanto maltratado, o coitado. Ruth se empenha em lhe ensinar francês, mas ainda não fala nem meia palavra, só assobia a "Marcha turca". Tampouco voa, mas se exibe à vontade pela casa com um andar manco de pirata velho. Seu nome estava escrito. Pusemos Capitão Flint. Como não?"

"Chim me deu de presente a foto que seu amigo Stein tirou de mim e do André no Café de Flore. Sempre é estranho me reconhecer. Estou com a boina de lado e sorrio olhando para baixo, como se estivesse ouvindo uma confidência. André parece ter acabado de dizer alguma coisa, usa um blazer esportivo e gravata. Agora as coisas começam a melhorar, e ele pode comprar roupas elegantes, embora se possa dizer que não sabe combiná-las muito bem. Vira-se de frente para mim para verificar minha reação e também sorri ou quase. Parecemos dois apaixonados. Este Stein chegará longe com a fotografia. É bom esperando o momento. Sabe exatamente quando deve apertar o obturador. Só que não somos dois apaixonados, nem nada parecido. Eu tenho um passado. E há Georg. Escreve-me todas as semanas de San Gimignano. Nascemos com um caminho traçado. Este sim, aquele não. Com quem sonha. Quem ama. Um ou outro. Você escolhe sem escolher. Assim são as coisas. Cada um percorre seus próprios passos. Além disto, como gostar de alguém sem conhecê-lo realmente? Como se percorre a distância de tudo o que não se sabe do outro?"

"Às vezes me tenta a ideia de contar a André o que aconteceu em Leipzig. Ele também não fala muito do que deixou para trás, embora seja capaz de conversar sobre qualquer outra coisa durante horas sem parar. Sei que sua mãe se chama Julia e que tem um irmão mais novo que adora, Cornell. São poucos os momentos em que abre uma janela pela qual posso espiar sua vida. É muito cauteloso. Eu também me calo quando às vezes volto o olhar para trás e vejo meu pai na porta do ginásio de Stuttgart esperando que eu amarre os cordões do tênis, um pouco impaciente, olhando o relógio. Depois ouço a voz de Oskar e Karl nos degraus, me encorajando: 'Vamos, trutinha...' Faz séculos que ninguém me chama assim. Faz séculos que íamos atirar pedras no rio. Limpávamos o barro dos sapatos com capim. Em noites como esta fico pensando se para eles é tão doloroso serem lembrados como para mim é recordá-los. Depois dos decretos do Führer, tiveram que se mudar várias vezes. Agora estão em Petrovgrad, perto da fronteira com a Romênia, na casa dos avós. Isto me tranquiliza, é uma aldeia sérvia em que nunca houve tradição antissemita. Não sei se algum dia poderei me sentir orgulhosa de ser judia, eu gostaria de ter o temperamento de André, que não dá a mínima importância para esta condição. Para ele é como ser canadense ou finlandês. Nunca compreendi a tradição judaica de identificar-se com os antepassados: 'Quando nos expulsaram do Egito...' Olhe, nunca me expulsaram do Egito. Não consigo assumir este peso, nem para bem nem para mal. Não acredito neste nós. Os coletivos não são mais que desculpas. Só as ações individuais têm sentido moral, pelo menos nesta vida. Da outra, francamente, careço de provas. É verdade que há coisas bonitas naquilo que aprendemos quando crianças: a história de Sara, por exemplo, ou o anjo que detém o braço de Abraão, a música, os salmos..."

"Lembro-me de que no Dia do Temor de Deus, quando está escrito que todo homem deve perdoar o próximo, vestiam-nos com nossa melhor roupa. Em cima da cômoda havia uma foto de Karl e Oskar com bombachas e camisas novas. Eu usava um vestido curto com estampas de cerejas. As pernas magras. Tinha o cabelo preso em um coque no alto da cabeça, como uma nuvenzinha cinza. As imagens não se esquecem. O mistério da fotografia."

Toc-toc... Soaram batidinhas discretas no batente da porta. Gerta levantou a cabeça do caderno. Já fazia algum tempo que parara de ouvir o teclar da máquina de escrever no quarto ao lado. Devia ser uma da madrugada. Quando Ruth colocou a cabeça no quarto, viu-a enrolada em uma manta com o terceiro cigarro da insônia queimando nos lábios e o caderno nos joelhos.

— Ainda está acordada?

— Já ia dormir — desculpou-se como uma menina a quem tivessem flagrado em delito.

— Não deveria escrever um diário — disse Ruth apontando para o caderno de capa vermelha que Gerta tinha apoiado em cima do criado-mudo. — Nunca se sabe nas mãos de quem pode cair. — Tinha razão, aquilo transgredia as normas mais elementares de clandestinidade.

— Certo...

— Então por que o faz?

— Não sei... — respondeu, dando de ombros. Depois apagou o cigarro em um pratinho descascado. — Tenho medo de deixar de saber quem sou.

Era verdade. Todos nós temos um medo secreto. Um terror íntimo que nos é próprio e nos diferencia dos outros. Um medo individual, preciso.

Medo de não reconhecer o próprio rosto no espelho, de perder-se em uma noite de sono ruim em uma cidade estrangeira, após vários copos de vodca, medo dos outros, da devastação do amor ou, pior ainda, da solidão, medo como consciência estremecedora de uma realidade que se descobre só em determinado momento, embora sempre estivesse ali. Medo das lembranças, do que alguém fez ou teria sido capaz de fazer. Medo como fim da inocência, como ruptura com um estado de graça, medo da casa do lago com suas tulipas, medo de se afastar demasiadamente da margem nadando, medo da água escura e viscosa na pele quando não há mais vestígio de terra firme sob os pés. Medo com M maiúsculo. Com M de Morrer ou de Matar. Medo da névoa constante do outono nos bairros afastados, por onde precisa retornar às quintas-feiras, buscando atalhos por trechos mal-iluminados, com praças desertas ou pouco frequentadas, um mendigo aqui, uma mulher carregando um carrinho de lenha na outra esquina e o ruído das próprias pegadas, que soavam brandas, breves, úmidas... como se não fossem dela, mas sim de alguém que a está seguindo à distância, um, dois, um, dois... aquela sensação constante de ameaça na nuca acompanhando sua volta à casa, a boina enfiada, as mãos nos bolsos, a necessidade imperante de correr, como quando era criança e precisava cruzar o beco da padaria até a casa de Jacob e subir as escadas sem fôlego, de dois em dois, até que batia na porta e acendiam a luz, o território seguro. Calma, pensava, calma, enquanto tratava de diminuir o passo. Se parava um pouco, o eco cessava; se continuava a caminhada, voltava a ouvi-lo rítmico, constante: um, dois, um, dois, um, dois... De vez em quando virava a cabeça, e nada. Ninguém. Talvez fosse apenas imaginação.

VI

Ficou um tempo abstraída, contemplando a folha recém-datilografada, mas sem se fixar no conteúdo, apenas na porosidade do papel, na impressão dos caracteres. Tinta preta. Ao lado da máquina havia uma pilha de laudas escritas e várias folhas de mata-borrão verde. Gerta girou o rolo para tirar a lauda e começou a lê-la com atenção: "Diante do avanço do nazismo na Europa, só resta uma saída: a aproximação de comunistas, socialistas, republicanos e outros partidos de esquerda em uma coalizão antifascista que facilite a formação de governos de ampla base (...). O mais urgente é a aliança de todas as forças democráticas em uma Frente Popular."

— O que acha, Capitão Flint? — perguntou olhando para o poleiro montado no balcão onde o pássaro ensaiava suas piruetas. Desde que André fora para a Espanha, falava sozinha com o papagaio. Uma forma como qualquer outra de combater a solidão. Assim como retornar à sua velha militância. Sentia a necessidade urgente de ajudar, de ser útil, de se tornar necessária em alguma coisa. No quê? Não sabia. Tentou averiguar voltando para as reuniões cada vez mais concorridas do Chez Capoulade. Mulher-eco, mulher-reflexo, mulher-espelho. Havia sempre muita fumaça lá dentro. Muita confusão. Gerta pegou seu copo com vodca pela metade e saiu para fumar um cigarro sentada no meio-fio da calçada. Ficou ali, abraçada aos joelhos, olhando para o céu levemente claro, estrela aqui, estrela acolá, entre beiral e beiral, com um leve brilho alaranjado para o oeste. Sentia-se bem assim, respirando o perfume das tílias daquela primavera recém-estreada. Gostava do silêncio da cidade com seus esporões de pedra sobre o labirinto de ruas que desciam lentas até o rio. Esta quietude lhe acalmava. Ela a ajudava a pôr um pouco de ordem em suas ideias. Estava nisto quando sentiu a mão de alguém pousar em seu ombro. Era Erwin Ackerknecht, um velho amigo de Leipzig.

— Precisamos que você datilografe o texto do manifesto em francês, inglês e alemão — disse, sentando-se ao seu lado na calçada. — Quanto mais intelectuais possam aderir, melhor. Temos que conseguir fazer com que o Congresso seja um sucesso. — Referia-se ao Congresso Internacional de Escritores em Defesa da Cultura, que seria realizado em Paris no início do outono. Erwin apertou devagar um cigarro entre os dedos e molhou o papel com os lábios para selá-lo. — Aldous Huxley e Foster já confirmaram presença — assegurou —, e também Isaac Babel e Boris Pasternak da URSS. Dos nossos vêm Bertolt Brecht, Heinrich Mann e Robert Musil, da Áustria. Ainda falta confirmar os americanos... É importante que o texto chegue a todos, Gerta, a cada um na sua língua. Podemos contar com você?

— É claro que sim — respondeu ela. Bebeu um gole de vodca, deixando que o álcool encontrasse o caminho ao longo de suas veias rumo ao coração e ao cérebro. O gosto tornou-se áspero na boca ao se misturar com o do cigarro. Afastou uma mecha que caía sobre a testa e olhou para um canto do céu. Recortado em preto, o campanário da milenária abadia românica de Saint-Germain-des-Prés se elevava na noite como uma sentinela qualquer.

Nas últimas semanas, as controvérsias surrealistas tinham abandonado um pouco as fronteiras poéticas para se ocupar da realidade que os jornais e o rádio refletiam. Os ânimos obscureceram, e o pequeno grupo da Rive Gauche renunciou temporariamente aos repousos astrais do Olimpo e às musas de olhos verdes para entrar no grande redemoinho do mundo. Todos estavam atentos às notícias, embora persistisse latente o conflito entre os que aceitavam as ordens de um partido revolucionário e os que ainda aspiravam a uma possível comunhão entre revolução e poesia. Não era uma questão menor. Certa tarde, André Breton atravessou a alameda para comprar cigarros ao lado do Dome, e na porta cruzou com o estalinista russo Ilya Ehrenburg. Não trocaram nem uma palavra. O poeta tomou fôlego e com o mesmo impulso lhe deu uma cabeçada no nariz que rangeu como se tivesse quebrado uma cadeira. Não foi um ato premeditado. Simplesmente aconteceu desta maneira. O impacto pegou o russo de surpresa, sem tempo para reagir. Caiu de joelhos, fragilizado, jorrando sangue escandalosamente vermelho sobre o chão cinzento. Então tudo se desenrolou de uma forma endiabrada em uma briga de todos contra todos. Houve insultos, pessoas que correram para socorrer o ferido, enquanto outras tratavam de conter a fúria do poeta, levantando-o no ar, tentando afastá-lo dali, até que alguém gritou alguma coisa sobre chamar a polícia, e, neste momento, todos se resguardaram, postergando para outra ocasião aquela briga de cães. Poucos dias depois o poeta René Crevel, encarregado de reconciliar surrealistas e comunistas, suicidou-se na cozinha de sua casa abrindo a torneira do gás.

É preciso dizer adeus, escreveu sem esperança. *Amanhã você voltará a partir para suas brumas de origem. Em uma cidade, vermelha e cinzenta, terá um quarto sem cor, de paredes de prata, com janelas abertas diretamente para as nuvens das quais você é irmã. Haverá de procurar em pleno céu a sombra de seu rosto, o gesto de seus dedos...*

Assim estavam as coisas quando Gerta se viu obrigada a escolher entre duas opções sem preferir nenhuma. A repressão aos dissidentes na União Soviética não era segredo para ninguém, mas na pequena comunidade do monte Parnaso, morada sagrada dos deuses, muitos hesitavam entre denunciar os abusos de Stalin ou silenciá-los para preservar a unidade do lado antifascista.

Ficou pensando por um tempo, como se estivesse suspensa acima de um abismo, com o texto do manifesto em uma das mãos e o cigarro na outra, sem ler as palavras, só fumando e olhando o tecido branco que cobria o sofá do fundo e o suporte com as figurinhas de barro que Ruth havia comprado em um camelô. Apesar de todos os seus esforços para transformá-la em um lar, a casa não passava de um acampamento provisório: o vidro quebrado da cozinha colado com esparadrapo, um mapa da Europa na salinha, os livros amontoados em pilhas pelo corredor, uma garrafinha com um lilás na janela, algumas fotos cravadas com tachinhas na parede... André com o blazer arregaçado dizendo adeus da Gare de L'Est. Sentia falta dele, é claro que sim. Não era uma coisa irreparável, mas uma sensação mansa deslizando de forma imperceptível, sem estrondo, como uma espécie de hábito. Nada grave. Abriu a janela e apoiou os cotovelos no batente enquanto a brisa refrescava sua pele e suas lembranças: as manhãs percorrendo as ruas do bairro com a Leica; os conselhos de André, sua maneira de instalar-se no tempo sem olhar o relógio, como se fosse responsabilidade dos outros adaptar-se ao seu ritmo; o dia em que chegou com o Capitão Flint trepado no ombro; a falsa negligência com que organizava os líquidos de revelação no balcão da pia; a maneira de aparecer sempre no último instante com uma garrafa de vinho sob o casaco e um cesto com trutas recém-pescadas; sua risada ao acender o fogão, enquanto Chim colocava a toalha e Ruth tirava os pratos e os copos do armário, e ela colocava os talheres como para um jantar de gala; o leve descuido que havia em todos os seus atos, seu temperamento arrogante às vezes, unido a uma peculiar aptidão para ser o que não parecia e para parecer o que não era. Atrás de que máscara se escondia? Qual de todos era ele? O boêmio alegre e sedutor ou o homem solitário que às vezes ficava em silêncio como no outro lado de uma ponte partida? "Não sou nada, não sou ninguém", lembrava Gerta de ouvi-lo dizer isso na margem do Sena. Usava a fragilidade para esconder seu orgulho. Talvez todo seu encanto residisse naquela capacidade de fingir, no acanhamento com que instintivamente ocultava sua coragem e na maneira de sorrir e dar de ombros como se nem ligasse, quando estava realmente desesperado. Tudo muito contraditório: o blazer desabotoado, as mãos fortes, o ar mundano e, no entanto, aquela ingenuidade estranha na hora de se deixar aconselhar quanto à sua indumentária como um menino obediente. O jogo das máscaras tinha gerado resultados. Se não fosse pela imagem nova e respeitável que usar blazer e gravata lhe conferia, a revista *Berliner Illustrierte Zeitung* não o teria encomendado a reportagem que agora estava fazendo na Espanha. Hesitara a princípio em aceitar o trabalho porque a revista estava, como todas as publicações alemãs, sob o férreo aparelho de propaganda de Goebbels, mas não se encontrava exatamente em condições de escolher quais serviços aceitava e quais não. Além disso, como lhe disse Gerta, a reportagem não tinha nada a ver com política. Tratava-se simplesmente de entrevistar o boxeador basco Paulino Uzcudun, que ia enfrentar em Berlim Max Schmeling, o campeão alemão de pesos pesados.

A Espanha fascinou André desde o primeiro instante. Havia dias em que voltava para a pensão e se deitava na cama todo esparramado ouvindo La Niña de Marchena ou Pepita Ramos e se sentia em casa. O país lembrava muito a Hungria, a bagunça das ruas, o ambiente dos bares com réstias de alho penduradas no teto e garrafões de vinho tinto, os tablados flamencos... O cigano que havia nele se entregou sem reservas às pessoas, fotografando-as com tanta intensidade como se quisesse roubar-lhes a alma. Quando concluiu a reportagem esportiva em San Sebastián, foi para Madri cobrir a grande manifestação que seria realizada em 14 de abril, devido ao quarto aniversário da proclamação da República.

O ambiente se notava carregado, e André percebeu perfeitamente a tensão contida nas ruas; o ódio à CEDA, a coalizão de direita do governo, que há menos de um ano coordenara uma repressão brutal contra os mineiros asturianos, era uma ferida ainda recente, mas a questão política não impedia os espanhóis de celebrar suas festas como bem entendiam. A Semana Santa de Sevilha, por exemplo, na qual André chegou de trem como milhares de visitantes para impregnar-se de imagens: mulheres com mantilhas e cravos pregados ovacionando a passagem de Jesus do Grande Poder, ladainhas à passagem das confrarias, penitentes com os trajes da Ku Klux Klan ziguezagueando pelas estreitas ruas da cidade em meio à fumaça dos rojões até o amanhecer. Nunca tinha visto uma festa em que estivessem tão misturados o sagrado e o profano. Observava tudo através da objetiva com um olhar ainda desajustado, até um tanto clichê e superficial, mas com temperamento próprio: as dançarinas de flamenco com roupas de babados, sapateando sua fúria ao vento de abril, moços a cavalo, o presidente do governo, Alejandro Lerroux, percorrendo o Real em uma carruagem de cavalos enfeitados à moda andaluza, bêbados desordeiros, turistas, gatos encarapitados nos tetos de zinco ondulado, um homem velho afiando uma faca na porta de sua casa e, ao lado, um pequeno volume coberto com um tecido e destapado em uma ponta, por onde aparecia a cabecinha morena de uma menina cigana adormecida. A guerra estava por cair.

"Você precisa conhecer este país", escreveu a Gerta em uma carta, sem saber que dentro de pouco tempo ela iria percorrê-lo sob o fogo da defesa antiaérea ainda viva nas mortas luzes das cidades. O que é a vida. Mas isto André não podia saber enquanto descrevia para ela todas as suas sensações em um alemão vacilante no American Bar do Hotel Cristina, com barba de dois dias, sem camisa e sem dinheiro, depois de ter passado a noite toda bebendo. "Algumas vezes sinto falta de você", encerrava a carta.

Era parte do seu encanto que instigava todo mundo, do seu temperamento indisciplinado, individualista e um tanto fantasioso. Também um tanto mulherengo. Gerta não ignorava isto.

— Algumas vezes... — repetiu para si, enquanto relia a carta. — Que idiota.

VII

Ficou parada diante da porta com a chave na mão. A caixa da fechadura fora forçada e havia lascas de madeira pelo chão. Antes de ter tempo de pensar em qualquer coisa, percebeu a pulsação do sangue na têmpora esquerda, uma inquietação imprecisa como quando vinha caminhando e tinha a impressão de ouvir passos às suas costas. Todo seu corpo se estirou como um arco, a precaução instintiva da lebre que fareja o caçador. Havia temido esta situação muitas vezes para não a reconhecer. Ela estava gravada a fogo em sua memória desde que pisou pela primeira vez na cela de Wächterstrasse. Notava um tamborilar surdo nos tímpanos, monótono, como as ondas do mar. A muitos metros de profundidade, sob a água do lago, havia sentido algo parecido. Mergulhando pode-se chegar a ouvir até a circulação do sangue pelas veias, mas nenhum som exterior o alcança. Se alguém a tivesse chamado neste momento, não teria conseguido ouvir seu próprio nome. Talvez nem o som de um tiro.

Apertou instintivamente o estojo da câmera contra o ventre e empurrou devagar a porta com o pé.

— Ruth? — chamou. — Está aí?

Conforme percorria o corredor, sua imaginação ia encadeando a sequência dos fatos muito lentamente: a fechadura arrebentada, o *rasg* do papel rasgando, montes de livros destripados pelo caminho, as fotografias das paredes arrancadas, a jarrinha de vidro esmigalhada, gavetas reviradas, uma conta de seu colar de âmbar rolando desde seu quarto, as cruzes gamadas pintadas nas paredes. "Porcas judias!" A história de sempre... Havia um cheiro estranho em toda a casa. Ouviu na cozinha o barulho de uma panela fervendo. Um segundo antes de abri-la já soube o que ia encontrar. O Capitão Flint flutuava dentro dela com o pescoço partido e a língua para fora. Não gritou. Limitou-se a apagar o fogo e a fechar os olhos. Uma pontada de vergonha e humilhação galopou até sua garganta, provocando náusea. Precisava de um cigarro. Sentou-se para fumá-lo no chão com as costas grudadas na parede, embaixo da suástica. Os joelhos flexionados, a testa apoiada na mão. De repente teve certeza de que aquilo não ia acabar nunca, que ia ser sempre assim. Ou branco ou preto. Ou isto ou aquilo. Com quem está, no que acredita, a quem odeia. Quem a mata. Ouvia dentro de sua cabeça o eco surdo de um serrote: *"Je te connais, je sais qui tu es."*

Toda a angústia metafísica que sentia nas reuniões do Capoulade se transformava agora em ódio puro. Preciso. Nítido. Não se tratava de ideologia, mas sim de instinto, de necessidade de partir a cabeça de alguém, de lutar sabendo bem por que luta, de reavivar os reflexos, os mecanismos elementares de defesa e conservação, estirar os músculos, aprender a montar e a desmontar uma arma, afinar a pontaria...

— É você ou eles, trutinha — evocou a voz de Karl no telhado do terraço, enquanto tratava de instruí-la para quando chegasse a hora.

A lembrança revolveu alguma coisa dentro dela. Sentia falta dos irmãos. Notou um ligeiro arrepio nas costas antes que as lágrimas começassem a turvar sua vista. Maldita seja, pensou. Maldita judia estúpida. Vai dar a estes filhos da puta a satisfação de fazê-la chorar? Deu um soco no chão, bruscamente, com uma raiva inesperada dirigida mais contra si mesma que contra outro, e com o mesmo impulso se levantou, tirou a câmera do estojo, aproximou o olho do visor, procurou foco, ajustou o diafragma, enquadrou primeiro a cabeça caída do papagaio, um primeiro plano da língua, e começou a disparar. A expressão dura, as asas do nariz dilatadas, sem que seu pulso tremesse, os nódulos brancos cada vez que apertava o obturador. Clique. Clique. Clique. Clique. Clique...

Quando Ruth e Chim chegaram, não precisaram perguntar o que tinha acontecido. Encontraram-na inclinada sobre a mesa da cozinha, a camisa arregaçada acima dos cotovelos, o cenho franzido, concentrada em recompor com um vidro de cola os livros que ainda podiam ser salvos. Estava pálida e tinha uma expressão tensa, obstinada, disciplinada, como se aquela tarefa manual fosse a única coisa que a ajudasse a controlar as emoções. Não se moveu quando chegaram, nem disse nada. Chim se aproximou para abraçá-la desviando dos destroços, mas ela o freou com a mão. Não precisava do consolo de ninguém.

— Levaram alguma coisa? — perguntou.

— Nada imprescindível. — Sua voz não soava frágil, mas sombria. Seus tênis e sua roupa que estava pendurada no armário do fundo eram as únicas coisas que tinham sobrevivido intactas àquela investida. — Queimaram vivo o Capitão Flint.

— Têm que deixar a casa — tentou raciocinar Chim. — Podem voltar a qualquer momento.

— E de que adiantaria? — respondeu Gerta. — Se lhe procuram, encontram. A única coisa que podemos fazer é estar preparadas para o caso de voltar a acontecer.

Ruth sabia perfeitamente a que estava se referindo, mas desta vez não contrariou a amiga.

— Não tinham por que tê-lo matado — disse. — Era um papagaio velho e simpático, ia com todo mundo.

Gerta virou o rosto na direção da parede para que não a vissem e engoliu saliva, mas em seguida se recompôs. Permaneceu imóvel, com a cabeça apoiada em uma das mãos, enquanto Chim tentava convencê-la. Mas de nada valeram seus argumentos para fazê-las desistir. Pelo menos conseguiu que aceitassem de bom grado que ficasse para dormir aquela noite. Não pensava em deixá-las sozinhas.

Dedicaram o resto do dia a reparar os danos com a paixão frenética de quem na verdade tenta consertar o mundo. Taparam os buracos da fechadura com massa. Ruth colocou a máquina de escrever em uma bolsa de couro para levá-la a uma oficina de Marais onde um amigo trabalhava. Chim se encarregou de levar o Capitão Flint enrolado em uma toalha. Gerta, com toda sua fibra e sangue-frio, não tivera coração para fazê-lo. Parecia menor com as plumas ensopadas. Chim olhou para ele com afeto, lembrando-se de seu passo manco, aprontando pela salinha. Não havia aprendido a falar, mas às vezes tinha a virtude de ouvir com um ar de razão que muitos seres humanos iriam querer para si. Foi só um instante de luto. Depois se encarapitou no alto de uma escada com um gorro de jornal na cabeça e uma brocha na mão, concentrado em deixar a parede do corredor imaculada como um pedaço da eternidade. Seus braços estavam salpicados de pequenas gotas de tinta. Ao final do dia as coisas pareciam estar mais ou menos em seu lugar. Dava para dizer que a casa havia resistido bem ao primeiro embate. Tudo estava impregnado de cheiro de tinta e solvente. Abriram as janelas e ficaram respirando com fruição aquela brisa incerta do começo de verão.

O ambiente político não podia estar mais efervescente. A recusa da Inglaterra a ajudar a França a deter a remilitarização hitleriana do Reno dava a impressão de que os franceses tinham sido abandonados por seu principal aliado. Por outro lado, os constantes movimentos de tropas de Mussolini na fronteira da Abissínia não ajudavam exatamente a acalmar os ânimos. Praticamente não havia um domingo em que as ruas de Paris não fossem percorridas por uma manifestação de protesto. Centenas de milhares de pessoas saíam regularmente à rua com bandeiras, cartazes e palavras de ordem daquilo que muito em breve resultaria na formação da Frente Popular. Chim, Henri Cartier-Bresson, Gerta, Fred Stein, Brassaï, Kertész... fotógrafos de todos os cantos da Europa captavam esta efervescência trepados nas cornijas, nas árvores ou em cima dos telhados: estudantes, operários do bairro de Saint-Denis, rodas de pessoas discutindo acaloradamente em Marais... Alguma coisa estava prestes a acontecer. Uma coisa séria, grave... e queriam estar ali para captá-la com suas câmeras. Leica, Kodak, Linhoff, Ermanox, Rolleiflex de duas lentes reflex... visores luminosos, zoom, bateria semiautomática, filtros, tripés... Iam carregados com tudo ao ombro. Eram apenas fotógrafos, pessoas que se dedicam a olhar. Testemunhas. Mas sem saber viviam entre duas guerras mundiais. A maioria estava acostumada a atravessar as fronteiras clandestinamente. Já não eram alemães, nem húngaros, nem poloneses, nem tchecos, nem austríacos. Eram refugiados. Não pertenciam a ninguém. A nenhuma nação. Nômades, apátridas que se reuniam quase todas as semanas em algum bar para ler em voz alta trechos de romances, recitar poemas, representar peças de teatro de Bertolt Brecht contra o nazismo ou fazer conferências. Um vago romantismo os unia. Dê-me uma fotografia e construirei o mundo. Dê-me uma câmera e lhe mostrarei o mapa da Europa, um continente doente que emerge do ácido na tina de revelação com todos os seus contornos ameaçados: o rosto de um ancião na Notre-Dame; uma mulher vestida de luto diante de uma lápide do cemitério judeu, os olhos semicerrados, murmurando uma prece; e logo depois um menino levantando as mãos no gueto de Varsóvia; um soldado com os olhos enfaixados ditando uma carta a um companheiro; silhuetas escuras de edifícios recortadas sobre chamas de explosões em preto e branco; Gerta agachada em uma trincheira com a câmera pendurada no pescoço, uma leve distorção focal ao enquadrar uma ponte em chamas, a geometria do horror. Não faltava muito para que aquele mundo passasse a ser um dos cenários da guerra.

Na rue Lobineau, aos sábados, a cada 15 dias havia uma feira de mercadorias exóticas, especiarias das Índias, perfumes em garrafinhas multicoloridas, tecidos de cor índigo, hena para o cabelo, pássaros tropicais como o Capitão Flint. Sempre que passavam diante daquela barraca, Gerta se lembrava dele. Olhava aquelas aves de plumagem verde e alaranjada, pensava na ilustração de um livro que lia quando criança, a cor água-marinha da capa e um pirata em primeiro plano com um papagaio no ombro. A imaginação sempre a traía. Tinha uma mente narrativa, Long John Silver, *A ilha do tesouro* e tudo o mais. Era muito sugestionável. Criou-se em um mundo que estava a ponto de se extinguir, e o episódio do Capitão Flint a tinha impressionado mais que estava disposta a reconhecer. Não só pelo afeto que havia adquirido, nem pela familiaridade de vê-lo todos os dias andando pela casa, mas porque tinha sido um ato sem sentido. Absurdo. Uma barbárie desnecessária. No entanto, nunca passou por sua cabeça a ideia de substituir o velho papagaio real das Guianas. Ela não era destas. Não sentia necessidade de ocupar os vazios que ficavam em seu coração. Passeava entre as bancas, respirando a caótica maré de ares, o cheiro do gengibre e da canela, os gritos dos vendedores, o chiado dos pássaros, capturando imagens como uma exploradora em um mundo que não conhecia.

Chim havia conseguido que Fred Stein se instalasse em um quarto livre da casa. Era um sujeito silencioso e tímido com um senso inato de composição fotográfica. O fato de também ser alemão e refugiado ajudou a vencer a resistência de Gerta e Ruth a alojá-lo. Por outro lado, tampouco caía mal uma ajuda para o aluguel. Depois do incidente do apartamento com os fascistas da Croix de Feu, sentiam-se mais seguras com um homem em casa, embora se negassem a reconhecer isto. Todo mundo desconfiava de que os principais grupos antissemitas franceses estavam diretamente ligados à Alemanha, e isto não era exatamente tranquilizador, sobretudo tendo em conta o passado de Gerta.

Fred tinha uma maneira diferente de abordar a fotografia, talvez menos intuitiva, porém mais sensorial, uma volta a mais da porca para captar o instante cotidiano. Quando fotografava um pássaro daqueles com vistosas plumagens, as pessoas podiam entender de um relance toda a sequência: como tinha sido capturado em uma selva tropical e depois colocado em uma jaula de bambu para entrar no rio do comércio, ao longo de incontáveis jornadas, até chegar a uma banca da rue Lobineau.

Gerta absorveu também o ponto de vista de Fred na hora de enquadrar, como uma perspectiva diferente da que André tinha lhe ensinado, em certo aspecto complementar, menos exata, porém mais evocadora. A lógica nem sempre servia na hora da verdade, como se encarregavam de demonstrar os fatos dia sim, outro também. Tentava descobrir por si mesma o que exatamente queria transmitir com seu olhar. Ainda não havia perdido totalmente a inocência. Apesar de tudo, continuava sendo a menina que se deitava de costas à noite no telhado do terraço na casa da Galícia, respirando o ar limpo das estrelas, flutuando em meio à escuridão, as costas geladas sob a blusa do pijama. Que diferente foi nadar depois, já mulher, tocada pelos dedos gelados do lago. Era uma nadadora excepcional. Podia atravessar o rio de uma margem à outra em tempo recorde. Por isto em casa a chamavam de "trutinha".

Todo dia, à última hora, no seu quarto de Paris, cruzava a fronteira de volta para aquelas lembranças, e antes de dormir voltava a ser a menina de 10 anos que estava de pé em uma fotografia no cais com um maiô vermelho, as costas molhadas, as pontas louras das tranças pingando como pincéis, as pernas muito magras, de passarinho, pensando sempre em sua estrela. Imaginava-a verde-lima, como uma bala de hortelã. Guardava a lembrança na boca até que se dissolvia pouco a pouco no sono com o hálito fresco. Quando na manhã seguinte saía cedo para fazer fotografias pelo bairro, sentia nos músculos toda a energia concentrada da água fria em cada braçada, como se nadasse para o futuro. Algum tempo depois, na penumbra vermelha do banheiro, vendo surgir as linhas e as formas do fundo das tinas de revelação, perceberia que a imagem também pode trair. Basta um falso movimento, a lenta configuração de um rosto, a silhueta de um corpo ao cair, uma camisa muito limpa para um soldado que leva muitas horas de combate nas costas. Mas ainda não podia conhecer estes e outros detalhes, mais ou menos evidentes. Faltavam-lhe experiência e profundidade de campo, esta crosta de tempo que em poucas horas pode envelhecer o olhar de uma moça de 20 e poucos anos.

A profundidade de campo é uma coisa que não se pode prever. Chega quando chega. Alguns não conseguem alcançá-la em toda uma vida. Outros nascem com os dias contados e têm que se apressar para consegui-la no curto prazo que resta. Gerta era destes últimos, uma corredora de fundo. Devorava os dias como os cigarros, esperando a hora. Ficava parada, apoiada no batente da janela, com uma camiseta preta de alças e o sol na pele dos ombros. Vinte e quatro de junho de 1935. Solstício de verão. Meio-dia. Nenhum vestígio de brisa. De repente, viu um quadrado de luz no final da rua e sentiu um formigamento no estômago. Enfocou com mais precisão: a camisa branca arregaçada nos braços, o cabelo molhado, a bagagem ao ombro, a pele torrada pelo sol da Espanha. Foi uma sensação parecida com a de quando um navio dá uma guinada brusca e o chão muda de inclinação. Aquela desordem de batidas do coração pegou-a de surpresa, mas não era hora de parar para analisar suas emoções. Nem sequer quis esperar que subisse. Desceu as escadas, saltando os degraus de dois em dois, e ele a levantou nos braços no portão como seu pai fazia sempre que voltava para casa após uma viagem, dando uma volta pelo ar em círculo, rindo pela metade, seguro de si mesmo, fraternal como sempre. André e sua maneira de chegar no momento menos esperado, com aqueles olhos que o faziam ser perdoado. Bonito até doer, pensou. O maldito húngaro.

VIII

A noitecia. O mar escuro e lá em cima, outra vez, as estrelas, espremidas como a caligrafia de um manuscrito indecifrável. Uma leve brisa com perfume de pinheiros e eucaliptos, quase imperceptível, roçava a água com estranhas fosforescências de prata. Gerta e André estavam há um tempo deitados de costas na areia, sem conversar, como no convés de um navio, contemplando desde o outro lado da ilha a cidade brilhante de Cannes, com luzes vermelhas e azuis refulgindo no horizonte. Haviam vestido os pulôveres que colocaram na mochila no último momento por recomendação de Ruth. Será bom para a noite, dissera. Gerta podia sentir o cheiro da lã da manga de André sob sua cabeça.

Era uma ilha de pescadores, pequena e tranquila, apenas 150 hectares de pinheiros mediterrâneos, com alguns barcos atracados, redes postas para secar e cheiro de porto velho. Um lugar perfeito para o repouso do guerreiro. André havia chegado cansado da Espanha e com dinheiro fresco da reportagem que tinha vendido ao *Berliner Illustrierte*. Os francos queimavam suas mãos, não nasceu para ser rico. Então, assim que ficou sabendo que Willi Chardack e outros conhecidos pensavam em fazer uma excursão às ilhas de Lérins, na Côte d'Azur, não pensou duas vezes. Propôs a Chim e às garotas que se unissem à viagem. Ruth achou uma boa ideia, mas não podia ir. Acabara de assinar um contrato com o cineasta Max Ophüls para um pequeno papel em um filme, *Divine*, que começava a rodar em Paris. Chim, por sua vez, pegara um trabalho sobre os artistas da Rive Gauche para a revista *Vu* que já deveria ter entregado. Então André olhou para Gerta, o queixo ossudo, o cenho um pouco franzido, pensando.

— Claro. Por que não? — Sorriu, concessiva.

Fizeram toda a viagem a Cannes de carona, com um humor excelente, brincando, roubando fruta dos pomares, jantando nos restaurantes de beira de estrada, deixando para trás pequenos povoados com cheiro de retama doce. Horizontes novos que abrem o apetite e a vontade de rir alto, de respirar ao sol, de se perder pelo mundo. Embargava-os uma espécie de exaltação vital. Os caminhos invisíveis da vida. Do porto de Cannes tomaram um barquinho de pesca até a ilha de Santa Margarida, com o sol perfurando a água. Existe uma franja entre mar e terra, como também há uma franja ambígua e obscura, ainda que deslumbrante, entre o corpo e a alma, pensou Gerta, e lhe veio à cabeça a imagem branca da roupa estendida para secar no telhado do terraço. A alma de Karl. A de Oskar. E a dela.

Achou que tinha chegado ao paraíso. Uma ilha de pedras quentes e cormorões, com ondas esverdeadas que estalavam na areia. Um lugar calmo, sem reuniões na alta madrugada, nem eco de passos que seguem as pessoas até a porta de casa, nem vidros quebrados, nem animais mortos, nem cruzes gamadas. Uma ilha. Um pedaço de terra afastado de um mundo a ponto de saltar pelos ares. Mar e areia. Geografia pura.

Montaram a barraca junto às ruínas do Castelo de Fort Royal, um antigo forte gótico que serviu como hospital para os feridos da Guerra da Crimeia. À noite acendiam uma pequena fogueira para preparar o jantar. O fogo estava entre eles.

— Nestas ruínas viveu um prisioneiro misterioso — disse Gerta, e ao seu redor se criou o silêncio que precede os grandes relatos noturnos. Então naquele círculo de brasas ela contou a história do homem da máscara de ferro.

Ninguém nunca soube ao certo quem era nem qual foi o seu crime para ser isolado daquela maneira. Usava uma máscara de veludo com ferragens articuladas de metal que lhe permitiam comer com o disfarce colocado. Andava sempre acompanhado por dois guardiões que tinham ordem para matá-lo se a tirasse. Alguns afirmavam que era o irmão gêmeo do Rei Sol; outros, que era seu irmão bastardo, filho de Ana da Áustria e do cardeal Mazarino. O fato é que foi levado à Provença com o máximo de sigilo, em uma carruagem fechada revestida de lona, e de lá o trouxeram para esta ilha em uma pequena embarcação coberta. Contam que era mais alto do que a maioria e de uma elegância extraordinária. Vestia-se com os melhores tecidos. Havia ordens estritas de não lhe negar nada. Ofereciam-lhe os manjares mais suculentos. Tudo o que pedia. E ninguém podia ficar sentado diante dele. À noite, tocava violão com uma melancolia que fazia estremecer as pedras. Foi enterrado sem cabeça, para garantir que mesmo morto não pudesse ser reconhecido.

— Levaram seu segredo à tumba — concluiu Gerta.

André lhe passou o cantil, olhando-a de um jeito diferente, extasiado por sua voz. Seu rosto com o brilho das chamas parecia esculpido em bronze, a cabeça jogada para trás enquanto dava um gole, o cotovelo levantado, apontando para o céu. Uma gota de água escorreu pelo seu queixo. Pensou que aquela mulher tinha um dom para narrar. Era um rio. Suas palavras tinham tato, poder de sugestão. Achava-se dentro da auréola que rodeava o fogo de galhinhos do acampamento.

É possível apaixonar-se por uma voz? Até este momento, André nunca havia notado o erotismo das palavras. Nunca pensara que conversar pudesse ser melhor do que trepar, por exemplo. Ele não era muito bom com as palavras. Sentia que podiam encurralá-lo, trepando, no entanto estava seguro de não acabar assim. Os conversadores seduzem, as palavras os colocam contra as cordas.

— Você sabe muitas coisas — falou.

— Alexandre Dumas — respondeu ela rindo. — Li *O visconde de Bragelonne* quando era adolescente. É o terceiro e último livro da saga *Os três mosqueteiros*. Você não gosta de ler?

— Bem, sim, mas só livros de guerra...

— Ah... — Ela levantou as sobrancelhas com um gesto que podia ser interpretado como suave ironia.

Abaixou-se para avivar o fogo e André pôde ver claramente o triângulo de pele nua até o início do decote. Firme, bronzeada, com aroma limpo de salitre, e notou que a ereção começava a pressioná-lo ostensivamente através do tecido da calça. Queria deitar com aquela mulher. Queria percorrer seu corpo de cima a baixo, abrir suas coxas e entrar nela, em seus pensamentos, para calá-los com um beijo e outro e outro, até mudar o ritmo de sua respiração, até que já não pudesse pensar em nada. Queria fazer tudo isto de uma maldita vez e deixar de se sentir como se sentia, esquecido pelas palavras. Naquela noite descobriu o poder de sedução de uma metáfora. Em algum lugar de sua cabeça começou a abrir caminho um dedilhar de violão tão melancólico que estremecia até as pedras.

— Boa noite — despediu-se ela de pé, sacudindo os vestígios de areia da calça.

André ficou olhando-a enquanto ia embora, as costas firmes de nadadora, os movimentos elásticos sob a camiseta de algodão, um rebolado peculiar no quadril ao caminhar, girando um pouco para um lado. Arrogância, orgulho, vaidade... sabedoria antiga de mulher que sabe estar sendo observada. Aproximou um galho das brasas para acender um cigarro, tragou uma baforada e a viu desaparecer sob a frágil pele de lona da barraca de campanha.

Foram tempos de desordem, de exaltação física, nadar até cair exaustos na areia, bronzear-se ao sol, fazer fotos, explorar as ruínas do castelo, jantar sardinhas em lata com pão, deitar-se à última hora, olhando a linha do horizonte, o sol queimando a noite até fazê-la desaparecer na superfície do mar, as cabeças muito juntas, o cheiro de eucalipto e salitre na pele. Apaixonaram-se no sul da França, lembraria mais tarde Ruth Cerf, tentando reconstruir o fio frágil de suas vidas perante um jornalista americano. Tornaram-se inseparáveis na ilha de Santa Margarida. Tempos de um mundo fora do mundo, de horários transtornados, de dias sem data, de risadas compartilhadas ao final do gesto, cumplicidades nas quais não cabia mais ninguém. Willi Chardack e Raymond Gorin compreenderam em seguida. Como não iam entender? Retiravam-se discretamente para sua barraca enquanto eles conversavam em voz baixa, criando em volta a profundidade de campo justa. Havia um espaço secreto entre os dois, a distância mínima, como duas páginas de um livro fechado. A cicatriz de uma pedrada que ele tinha na sobrancelha esquerda. A marca de uma vacina no braço dela, uma auréola pálida em forma de meia-lua, justo onde a seringa de injeção inoculou o soro e marcou sua pele, tempos atrás, quando tinha 8 anos no ginásio de um colégio em Stuttgart. A lista das feridas. Seu calcanhar de aquiles sobressaindo como uma ilha no fundo do saco de dormir. Uma pequena costura no dorso da mão de André.

— É minha linha da sorte — brincou. — Nasci com seis dedos. Extirparam um assim que nasci. A parteira garantiu à minha mãe que era um sinal de sorte. Veja só... vai ver tinha razão.

Apaixonamo-nos sempre por uma história, não por um nome, nem por um corpo, mas pelo que está inscrito nele.

À sombra dos eucaliptos, Gerta esfregava com areia o fundo de uma panela onde preparavam o chá. O cobre chiava sob seus dedos. Estava descalça, acocorada com uma camisa velha desabotoada em cima do maiô, o cabelo muito louro nas pontas pelo efeito do sol e da intempérie, já sem vestígio do tom vermelho da hena. O sol tinha secado a pele de seu joelho, formando uma crosta que começou a sangrar de novo ao flexionar as pernas para se agachar. Machucara-se ao escorregar no musgo das rochas. Ele seguiu com os olhos o percurso lento daquele fio de sangue até o peito do pé. Era bonita a cor escarlate com a qual a coagulação pintava a pele coberta por um pelo muito fino. Ele se abaixou ao lado sem dizer nada, aproximou sua boca do joelho dela e lambeu o sangue. O que gostaria de dizer não podia ser dito a uma mulher cuja abertura era como uma ferida lacerada, cuja juventude ainda não era mortal. Então inclinou-se para a frente e levou a boca até o ferimento. Sangue. A profundidade de campo mínima. Sentia o corpo vazio. A única coisa viva nele era a consciência do desejo. O sabor do sangue dela seria a última coisa de que se lembraria muitos anos depois, perto de Hanoi, a 1 quilômetro do forte do Doai Than durante uma emboscada do Viet Minh, em uma estrada semeada de minas. Mas então já não era mais um rapaz apaixonado, e sim um veterano repórter com mais de cinco guerras nas costas, muito cansado de viver sem ela.

— Venha — disse Gerta, tomando-o pela mão.

Levantou-se devagar, sem abraçá-la ainda, a boca bem perto da dela, a distância mínima, mas sem se tocar, até que nenhum dos dois conseguiu mais aguentar a proximidade, os olhos abertos, olhando-se de perto, o último sol penetrando entre as folhas das árvores, quando ele a atraiu para o seu peito, apertando-a dentro dele, sentindo pulsar seus músculos elásticos e firmes sob a camisa quando lhe cobriu o rosto com a mão e introduziu os dedos salgados em sua boca. Caminharam enlaçados até a barraca, sem parar de se procurar, com ânsia de fome atrasada, os lábios de um ávidos pela saliva do outro e por oxigênio, os dentes se entrechocando de pura impaciência.

— Devagar... — pediu ela, afastando-se alguns centímetros para respirar. Seus dedos roçando a areia nos cabelos de André. O mar os rodeava com todos os seus mistérios.

Mergulhou nela como no poço de uma gruta. Movendo-se muito lentamente, meticuloso, firme, sem pressa, como ela tinha pedido, intuitivo, atento a cada impulso do corpo que sentia vivo embaixo do seu, nu, com cheiro de sexo jovem e de mar. Saliva. Sal. Sangue. Fluidos corporais que se transformavam nas únicas razões de peso que um homem necessita para estar vivo, dentro daquela vertigem que o fazia sentir-se a ponto de cair de algum lugar muito alto onde flutuava semi-inconsciente, pronunciando em voz baixa palavras quase inaudíveis, como se rezasse. *Javé, Eloim, Siod, Brausen...* Aferrou-se ao seu corpo, apertando-o mais intensamente entre as coxas, a ponto de cair lá de cima onde estava, sem fôlego, *quem quer que seja e onde quer que esteja...* Olhava-o no fundo daqueles olhos de cigano bonito e então o viu levantar-se um pouco e levantar uma das mãos como quem pede uma trégua. Espere, sussurrou. Não se mexa, parada, por favor, nem respire, os dentes apertados, concentrado ao máximo, tentando recuperar o controle do corpo. Sentia-o muito dentro, molhado dela, bem duro, parado. De repente entrou de novo, devagar, desta vez toda sua extensão, ainda mais fundo. Ele a olhava bem de perto, enquanto a beijava e segurava o prazer com muita dificuldade, prolongando ao máximo cada estremecimento, atento ao corpo dela, tenso, molhado, acelerando o ritmo em cada investida, apertando-a mais intensamente, levando-a àquele lugar inexistente onde toda mulher deseja ser levada, embora negue com a cabeça e gema como uma leoa ferida e elogie ou amaldiçoe ou blasfeme com o pensamento e com os olhos e com a voz. *Eloim, Siod, Dog, Brausen, não peço que me salve. Não necessito de sua bênção.* Ele a olhava bem de perto, desarmado, como se olha para uma prisioneira. Beijou-a na boca estremecendo até o fundo dos ossos, enquanto ela acabava entrecortadamente sua prece, como em sonhos, com palavras que nasciam de algum lugar muito recôndito, em iídiche, *só peço que isto seja verdade...* e neste exato momento ela o sentiu sair e explodir no último instante, sobre o seu ventre.

— Obrigada — disse baixinho, acariciando suavemente as costas dele, sem especificar se agradecia só a ele ou também ao senhor dos exércitos, ao dono insensato do acaso e das noites bonitas, ao legislador implacável das causas e de suas últimas consequências, ao Deus de Abraão e de todos os judeus.

IX

Maria Eisner era uma velha conhecida de André. Dirigia a Alliance Photo, uma das agências mais prestigiadas do momento por seus trabalhos de arte e viagens e principalmente por suas reportagens fotográficas. Era uma mulher eficiente, resoluta, alemã até a medula, com senso empresarial e olfato privilegiado para detectar quem tinha condições para o negócio. Foi precisamente isto o que a fez reparar em Gerta quando André as apresentou em uma tarde de setembro, sob o toldo do terraço do Capoulade. Acabavam de chegar da ilha e estavam radiantes, enlaçados pelos ombros, com a pele bronzeada e o futuro pela frente, mas sem dinheiro. Bastaram dois comentários de Gerta sobre a última reportagem da agência publicada na revista *Europe* para Maria perceber que a garota tinha aptidões. Não importava que carecesse de conhecimentos técnicos. Estas coisas se aprendem. O que lhe interessava era o ponto de vista. A Alliance Photo tinha surgido com clara vocação artística, buscava uma perspectiva nova, moderna, na linha das vanguardas arquitetônicas nascidas no sexto andar da rue de Sévres, onde Le Corbusier estabelecia seus cânones com a frieza de um relojoeiro suíço. Procuravam o estranho, romper linhas e volumes, mostrar a realidade com um enfoque pouco habitual, e Gerta tinha isto, e também contava com a vantagem de saber idiomas e ter um sexto sentido para vendas. Em menos de um mês aprendeu a apresentar o material e a negociar sempre pelo preço alto, com as técnicas comerciais mais agressivas. Lei da oferta e da procura. Era um lince para as contas, e isto era essencial para uma empresa que vivia de fornecer material às principais revistas francesas, suíças e norte-americanas. Foi sua grande oportunidade.

André e ela estavam naquele ponto em que dois náufragos encontram afinal um barco ao qual subir e sentem a vibração das máquinas sob a coberta e o estremecimento da travessia que os espera no mar aberto, com o cheiro do café misturado com a brisa salgada, enquanto se inclinam sobre uma carta náutica recém-desdobrada sobre a mesa, com todo o tempo pela frente para decidir com entusiasmo, precisão e sorte o rumo exato que, a partir de então, iam tomar em suas vidas.

Mudaram-se juntos para um pequeno apartamento da rue Varenne no qual mal cabiam um laboratório, uma cama e um fogão, mas à noite, quando abriam a janela para jantar, viam as luzes da torre Eiffel e toda a atmosfera de Paris entrar no quarto com sua meada de ruas, pontes e pracinhas de outono.

A tarde foi se apagando, e uma tonalidade azul-marinho de noite americana iluminava ao longe as cornijas encavaladas dos edifícios entre nuvens e telhados de água-furtada, com os reflexos alaranjados das lâmpadas enchendo o quarto, uma mesa redonda e um jornal aberto, um sofá coberto com um tecido cinza, o perfil de Gerta recortado com todas as suas arestas sob a luminária, calada, pensativa.

André não gostava de vê-la assim, dava a impressão de que fugia para um mundo anterior onde ele não podia agradar-lhe, como se no fundo de seu ceticismo de judia polonesa não conseguisse acreditar em toda aquela felicidade.

Havia alguma coisa estranha em sua forma de olhar, algo evasivo, como se com um olho encarasse o passado e com o outro, o caminho prestes a tomar. Ele sabia que houvera outros homens em sua vida, é claro que sabia. Ouvira-a falar de Georg centenas de vezes quando eram só amigos, tinha inclusive visto uma foto dele que ela guardava em uma caixinha de doce de marmelo. Louro e bem mais alto que ele, com um jeito de aviador ou campeão de polo que deixava André nervoso. Ele também tivera outras mulheres. Mas agora não suportava a ideia de que ela se lembrasse do russo nem sequer por um segundo. Como se a vida pudesse ser dividida em partes com faca, como um queijo Camembert. Antes e agora. É óbvio que evitava expressar seu ciúme. Talvez nem sequer fosse ciúme, mas puro sentimento animal de posse, necessidade de apagar o passado dela, orgulho absurdo de macho, instinto milenar de quando o homem uivava para a lua na meia-noite da horda junto à fogueira da tribo, elegia sua fêmea e a afastava do restante do bando para fazê-la exclusivamente dele, levá-la às grandes pradarias e cravar-lhe um filho no fundo das vísceras.

— Você não gostaria de ter um bebê cigano? — perguntou suavemente para tirá-la de sua abstração. — Um menino barulhento e malcriado como eu? — Sorria pela metade, com um toque de dissimulação no canto dos lábios, mas seus olhos eram sérios e leais como os de um cão spaniel.

— Tão peludo? — brincou ela, torcendo o nariz. E negou com a cabeça, rindo alto como se acabasse de ouvir uma grande loucura. Mas em seguida a risada foi amortecendo em uma expressão quase triste, enquanto olhava ao longe as luzes da torre Eiffel, brilhantes e repletas de promessas para outros. Parecia que em algum lugar de seus olhos verdes com brasas amarelas habitava o pressentimento de que não lhe restaria muito tempo para isto, e sentisse de verdade perder o prazer sereno de criar um menino moreno com olhos de húngaro e dedinhos rosados, e de pôr para secar suas fraldas brancas em um terraço de qualquer lugar do mundo e lhe contar a história de um pirata com um papagaio no ombro, um autêntico papagaio real das Guianas que em sua versão do romance assobiaria a "Marcha turca", em homenagem ao Capitão Flint. E vê-lo dormir tranquilo toda noite com a chupeta, arrulhado no berço. Um sonho.

Olhou-o de frente como se retornasse de outro mundo, e o viu ali, ao seu lado, tão próximo, devolvendo-lhe o olhar com uma mistura de tenacidade e desconcerto que a enternecia profundamente, e então pensou que talvez estivesse se apaixonando seriamente por aquele homem e teve que fazer um verdadeiro esforço para se conter e não abraçá-lo forte e beijá-lo muitas vezes nos olhos, na testa, no pescoço, atrás das orelhas... porque entendeu que um dia, talvez antes do que imaginava, aquele amor a tornaria débil e vulnerável. Mas nesta altura ainda não podia saber. Não podia sequer imaginar que em poucos meses ia se lembrar desta conversa, palavra por palavra, gesto por gesto, enquanto contemplava ao longe, não a elegante armação da torre Eiffel com suas luzinhas acesas, mas o céu de Madri transpassado pelas luzes dos refletores entrecruzando-se em ângulos giratórios, e ouvia bem perto o ulular ensurdecedor das sirenes e o rugido dos motores da aviação inimiga, enquanto se abria de repente, com firme percussão, o fogo das defesas antiaéreas. Como diabos ia fazer um bebê dormir sob o barulho de uma guerra?

Fazia apenas um mês, enquanto Gerta e André acampavam na ilha de Santa Margarida e percorriam descalços as praias encontrando novas baías com seu amor recém-descoberto, que em Paris se consolidara definitivamente a Frente Popular com o apoio dos principais partidos de esquerda, sindicatos e todas as associações do Comitê Nacional da União Popular. Na última manifestação de comemoração do 14 de julho, milhares de operários cantaram a plenos pulmões a "Marsellaise" sob os retratos paralelos de Marx e Robespierre. A Rádio Paris retransmitiu para todo o mundo a reconciliação da bandeira tricolor da República com a bandeira vermelha da esperança. A unidade de ação contra o fascismo se transformou em prioridade.

A Associação de Escritores e Artistas Revolucionários foi um dos principais apoios da Frente entre os intelectuais desde a realização do Congresso. Alguns surrealistas cansados de perseguir fantasmas interiores tinham voltado a pôr os pés na terra para encarar a realidade angustiante de um mundo prestes a ir pelos ares. Até os poetas mais líricos começavam a se perguntar seriamente se não tinha chegado a hora de ingressar no Partido Comunista. Gerta não era comunista, mas compreendia bem as colocações deste. Afinal, tinha-as aprendido de primeira mão com um autêntico bolchevique russo. Georg foi o primeiro a instruí-la nos mistérios do marxismo-leninismo quando ainda era uma adolescente que sonhava ser Greta Garbo. André, no entanto, se inclinava mais para as posições trotskistas ou claramente anarquistas, muito mais ajustadas ao seu caráter independente, propenso sempre a caminhar pelas margens, viciado no risco das noites puras.

Os velhos cafés se converteram mais que nunca em tribunas incendiárias. Todos estavam dispostos a colaborar. Pintores, escritores, refugiados, fotógrafos... Picasso com seus olhos de miúra a ponto de investir e a insinuante Dora Maar em permanente lua de mel; Man Ray, baixinho, enigmático, viciado no trabalho junto a Lea Miller, a americana mais bela de Paris, muito alta, loura e volúvel, a mulher que lhe partiu a alma; Matisse e sua esposa muito séria com um rosto comprido, de cavalo; Buñuel com sua cabeça de pedernal aragonês ouvindo jazz no Mac-Mahon e conhecendo Jean Rucar, com quem se casaria depois de obrigá-la a atirar no Sena uma cruzinha de ouro que usava pendurada no pescoço; Hemingway e Martha Gellhorn, sempre no limite da destruição, competitivos, capazes de bater-se um contra o outro ou os dois juntos contra o mundo em sua particular guerra de guerrilhas. Casais difíceis, muito diferentes dos casamentos tradicionais nos quais mulheres de quadris largos continuavam prisioneiras dentro da jaula de arame de seus espartilhos, engomando pacientemente as camisas dos maridos. Na margem esquerda do Sena nascia um conceito novo de amor, conflitante, perigoso, como andar descalço pela selva. Gerta e André se sentiam protegidos neste ambiente. Eram como uma grande família excêntrica.

O programa comum da esquerda se articulava em torno de alguns pontos mínimos: anistia para os presos, direito à livre sindicalização, redução da jornada de trabalho, dissolução das organizações paramilitares e colaboração pela paz no seio da Sociedade das Nações. Mas em 3 de outubro, um dia como outros, sem prévia declaração de guerra, 100 mil soldados do exército italiano comandados pelo marechal De Bono atacaram da Eritreia as tropas abissínias do imperador Haile Selassie. Tanques e gás mostarda contra arcos e flechas. A Liga das Nações impôs pequenas sanções à Itália, mas a Grã-Bretanha e a França continuaram lhe vendendo petróleo mesmo após tomar conhecimento dos ataques a hospitais e ambulâncias da Cruz Vermelha.

— A Europa está dormindo. — André dera um soco na mesa. Tinha o cenho franzido e a voz firme enquanto falava no palco do Capoulade. Gerta nunca o havia visto fazer um discurso, mas decidiu que gostava muito mais dele assim, furioso, com os olhos brilhantes de indignação, carvão puro, carismático, quase violento, com uma veia saltada pulsando no pescoço enquanto denunciava os métodos usados por Mussolini contra a população civil para baixar o moral do povo etíope. — Estão violando a Convenção de Genebra.

No entanto, por mais estranho que pareça, as notícias do mundo não chegaram a estragar totalmente o encanto daquele outono de 1935, com ruas cheias de folhas amarelas e moças como juncos fumando até a madrugada nos bares de jazz. Com cinemas e livrarias e vitrines onde Gerta descobriu certa tarde *Les Temps du mépris*, de André Malraux, escritor também entregue de corpo e alma à causa antifascista. Certas noites, quando André estava dormindo ou depois de passar um tempo lendo, levantava-se sigilosa, ia até a janela com a camisa dele jogada nos ombros e fumava o último cigarro apoiada no batente. Paris e suas luzes ao longe. Com aquele clima de expectativa de outubro parecia-lhe difícil dormir. Quando criança também lhe acontecia isto. Sentia-se mais viva justo antes de dormir. Passavam por sua cabeça todos os acontecimentos do dia, e ela os anotava a lápis com caligrafia infantil em um caderno escolar, corrigindo com a borracha quando errava alguma palavra. Necessitava desta ordem. O dia não parecia concluído até aquele momento. Quando escrevia, repousava suas emoções. Tentava entendê-las. Precisava voltar atrás para se orientar. Era um momento absolutamente seu, no qual não podiam entrar nem os amigos nem os amantes.

"Há pessoas às quais não conseguimos só abraçar", escreveu, "mas no mínimo precisamos arranhar ou morder para conservar a saúde mental em sua companhia. Às vezes eu gostaria de pegar André pelos cabelos e mantê-lo agarrado a mim como um náufrago, mas frequentemente me sobressalta um sonho diferente. É um pesadelo que transcorre à luz da lua. No sonho vou caminhando por uma rua desconhecida em direção a ele e, quando estou a ponto de alcançá-lo, sorridente, com a mão levantada para cumprimentá-lo, acontece alguma coisa, não sei muito bem o quê, algo urgente e inexplicável que me obriga a correr com todas as minhas forças até pular a cerca que há ao fundo e desaparecer. Não sei o que pode significar. A rua, a cerca, a luz tão branca, como de astro frio... talvez deva perguntar a René. O amor tem algo de curto-circuito, como se tivéssemos que ler duas vezes o mesmo parágrafo para encontrar a conexão entre as frases. É um sentimento selvagem que irrompe como um vendaval nos hábitos do outro, fazendo saltar tudo pelos ares, como uma casa arejada em plena tempestade. Tudo quer apagá-lo, inventá-lo novamente, como se antes dele não existisse o mundo."

Fechou o caderno e o guardou na gaveta do criado-mudo. Precisava se desprender de seus pensamentos.

X

Um, dois, três. Gerta e Ruth levantaram no ar a tábua cada uma por um lado e a apoiaram nos dois cavaletes. No teto do apartamento da rue Lobineau flutuava uma réstia de luzinhas coloridas. Estavam preparando uma festa surpresa pelo aniversário de André. Vinte e dois de outubro. O mesmo dia que John Reed.

Dez dias que abalaram o mundo era uma das leituras que mais tinham impressionado Gerta. Ainda se lembrava da capa vermelha do livro em cima da mesa na casinha do lago, junto a um vaso com tulipas, a toalha de linho e todo o resto. Considerava-o um testemunho de primeira magnitude. Podia recitar de cor parágrafos inteiros: "... Há patriotismo, mas é irmandade internacional entre os trabalhadores; há dever, e por ele morrem, mas é dever para com a causa revolucionária; há disciplina; há honra, mas é um novo código de honra, apoiado na dignidade humana e não naquilo que uma imaginária aristocracia de sangue decretou apto para os seus cavalheiros... Se a Revolução Francesa foi produto da razão humana, a Revolução Russa, em compensação, é uma força da natureza." Este era o tipo de jornalismo que ela e André ansiavam. Estar no centro dos acontecimentos, conhecê-los em primeira mão, sentir bombear o coração do mundo dentro de suas veias.

Cobriram toda a mesa com lençóis brancos. Ruth preparou no forno o tradicional *lekaj*. Mel, passas, amêndoas e sementes de *ladhera* tal como é servido no Ano-Novo judaico. Passou horas cozinhando. Henri levou duas garrafas de Calvados de sua Normandia natal.

Vinte e dois anos. Os dois patinhos. Um aniversário inesquecível. Houve todo tipo de bebidas, risadas até o amanhecer, champanhe, velas, cigarros, lanterninhas de papel, fotos desfocadas: Henri Cartier-Bresson e Chim cobertos de serpentinas bebendo Calvados direto da garrafa; Hiroshi Kawazoe e Seiichi Inouye, dois japoneses que conheceram na ilha de Santa Margarida, fazendo uma exibição da dança dos samurais; Willi Chardack fantasiado de homem da máscara de ferro; Fred Stein, muito bêbado, bancando o palhaço abraçado ao cabo de uma vassoura; Csiki Weisz e Geza Korvin com os punhos ao alto. Eram camaradas de André, dois velhos amigos dos anos de Budapeste e dos tempos heroicos em que, recém-chegados a Paris, roubavam croissants nos balcões dos bares; Chim outra vez com o cenho franzido, concentrado, tentando construir uma torre Eiffel com palitos; a jornalista Lotte Rapaport jurando que era a última vez em sua vida que aceitava um emprego de costureira; Paris estava cheia de loucos. Gerta recortada na contraluz da janela com calça justa e pulôver preto de gola alta, rindo com a cabeça jogada para trás; André de perfil com o chapéu de gângster que tinham lhe presenteado e um cigarro na comissura dos lábios, o sorriso nos olhos, o jeito malandro. Feliz aniversário, disse-lhe ela ao ouvido, bem baixinho. Os dois com os rostos colados, dançando uma canção nova de cabaré que o rádio colocava na moda. Cantava-a uma mocinha pequena e miúda como um pardal que se chamava Edith Piaf. Estavam se despedindo de sua juventude. E não sabiam.

Assim preenchiam o tempo livre. Outras vezes passeavam pelos *quais* do Sena. Gerta gostava de ver os barcos com as luzes acesas encalhados na água mansa. Um barco sempre é uma possibilidade prometedora. Quando recebiam por algum trabalho, iam tomar café com croissants pela manhã nos bares da Square Viviani. Outras vezes acompanhava André quando ele ia fazer alguma reportagem. Assim foi se adestrando no ofício. Ajustar o foco, calcular o tempo de exposição, regular o diafragma para adequá-lo à luz. Gostava de ver André encostado em um muro, preparando mentalmente a foto que ia fazer. Tinha chegado à fotografia por acaso, mas cada vez mais tudo aquilo a fascinava, o cheiro dos líquidos de revelação, a tensão da espera, ver aparecer pouco a pouco no fundo da tina seu próprio rosto, os dedos finos e ossudos da mão segurando o queixo, o arco da clavícula sobressaindo na pele fina do pescoço, as sombras mais escuras embaixo dos olhos. O mistério.

Algum tempo depois chegou um postal de Georg da Itália. Era uma vista florentina da Piazza della Signoria, tomada da *loggia* de Lanzi. André não o quis ler, mas passou o dia inteiro olhando atravessado, com aquele jeito de touro enciumado, respondendo a tudo com monossílabos. Se lhe oferecia um cigarro, preferia não fumar; se lhe mostrava um cravo vermelho em uma das barracas da Rive Gauche, ele afastava o olhar. Outra droga de flor.

Gerta pressentia a tempestade e tentou evitá-la atravessando os trovões na ponta dos pés. Logo passaria. Felizmente tinha trabalho suficiente para não esquentar muito a cabeça. Havia conseguido vários contratos para a Alliance Photo a bom preço. Maria Eisner estava encantada com ela. Trabalhava duro. Nas últimas semanas não tinha dormido mais de cinco horas por dia. Gostaria que os 1.200 francos que recebia por mês lhe fossem pagos para fazer fotos e não por trâmites de contabilidade, mas era o que havia, e não podia se queixar. Além disso, não perdia oportunidade para fazer valer o trabalho de André. Brigava por cada foto dele como se isto fosse sua vida. Nesta mesma manhã tinha negociado para ele um adiantamento de 1.100 francos por três reportagens por semana. Não que fosse muito, tendo em conta que os gastos com material corriam por conta dele, mas era suficiente para pagar o aluguel, comer decentemente três vezes ao dia e até permitir-se algum capricho extra. Pensava em tudo isto, enquanto caminhava de volta pelas ruas geladas, com as mãos enfiadas nos bolsos do casaco, um gorro de lã e o nariz vermelho de frio, como uma exploradora ártica.

Talvez eu não seja perfeita, pensava com uma ponta de condescendência para consigo mesma, mas como *manager* até que me saio bem. No fundo estava orgulhosa e desejando chegar em casa para contar a André. Queria sentir seus braços fortes ao redor da cintura, seu corpo próximo lhe dando calor, levando-a muito alto, muito longe, devagar, esperando-a como ninguém nunca a havia esperado.

Era tarde. Encontrou-o dormindo de bruços, os cabelos revoltos, metade do rosto afundado no travesseiro e um início de barba escurecendo o queixo. Tirou a roupa sigilosamente para não o despertar e a deixou pendurada em um gancho junto à porta. Mexeu os dedos várias vezes para desentorpecê-los. Depois vestiu uma velha camiseta cinza que sempre usava para dormir e se aproximou por trás de André, procurando o calor de seu corpo.

Foi como abraçar um chacal. Ele soltou um grunhido terrível. O animal que havia dentro dele se revolveu e quase a atirou no chão.

— Pode-se saber que diabos está acontecendo com você?

Nada. Silêncio sepulcral, noturno, guardado ao pensamento. Mudo como a sombra de Deus. Gerta virou-se para a parede. Não tinha vontade de discutir.

— Vocês, húngaros, são estranhos — disse.

— Sim — respondeu ele —, mas menos babacas que os russos.

Enfim o chacal tinha saído da gruta. Gerta sentiu um aborrecimento terrível, um cansaço infinito e pensou que nenhum dos dois merecia o que estava prestes a acontecer. Porque de repente percebeu que ele a olharia exatamente como estava encarando, com desconfiança, quando ergueu a cabeça, a expressão severa, distante, o braço nu por cima do lençol. Não percebeu com o pensamento, mas com o corpo e com a pele que tinha se arrepiado, e adivinhou também o que ele ia dizer, palavra por palavra, o tom áspero, a voz quase irreconhecível, e foi então que sentiu o fluxo do sangue fervendo no rosto enquanto o ouvia dizer toda a lista de tolices que os homens repetiram centenas de vezes para uma mulher, em um quarto qualquer de qualquer lugar do mundo. Ou ele ou eu. Ou aqui ou lá. Ou preto ou branco. Achou que ele seria diferente, mas não. Tão absurdo quanto todos. Simples até o ridículo. Capaz de jogar tudo pela janela por nada, por orgulho estúpido de homem que não se contenta com o que tem, mas quer mais. Ser o único. Só ele. Ninguém mais, nem agora, nem antes, nem nunca. Certo, então saia por esta porta e volte atrás dez anos, quando eu ainda era uma garotinha tenra, e ainda não havia nenhum vaso de tulipas, nenhuma casinha no lago, nenhum maldito revólver em cima da mesa, nem comerciantes que expulsam a empurrões a gente das lojas, nem saídas de moto de madrugada para espalhar panfletos pelas ruas de Leipzig, nem Georg, nem a Wächterstrasse, nem nada, nada de nada. Mas o que aquele cigano achava? Que o mundo tinha começado com ele? Pelo amor de Deus.

Levantou-se da cama bruscamente. Não conseguia acreditar no que estava ouvindo. Porque agora ele não estava mais a colocando contra a parede, nem a forçando a fazer comparações odiosas e grosseiras. Quem é melhor. Quem é pior. Como ele faz. Como eu faço. Mas queria machucar, ofender e humilhar. Por isto trouxe à luz aquela fotógrafa da *Vogue* com quem andou saindo durante os primeiros meses de Paris, Regina Langquarz, alta, de cabelo curto, com longas pernas de garça. Por acaso ela havia perguntado alguma coisa? Mas dava na mesma. Ele continuava ali, contando pormenores com toda minúcia de detalhes, dando explicações que ninguém tinha pedido. Ou sobre a espanhola que conheceu em Tossa del Mar enquanto fazia a reportagem para a *Berliner Illustrierte*. Maldito húngaro desgraçado. Maldita seja sua imagem. Não quero voltar a vê-lo em minha vida. Estúpido idiota presunçoso. Idiota. Idiota. Idiota... Gerta pensava tudo isto enquanto vestia a calça apressadamente e enfiava o pulôver pela cabeça, os lábios tremendo, com uma sensação de náusea que a obrigou a se apoiar na parede e levar as mãos à boca.

Ele olhava para ela da cama como se estivesse assistindo à projeção de um filme que em algum momento tinha fugido de seu controle e já não era capaz de rebobinar, nem de encontrar um caminho de volta que não estivesse minado pelo orgulho. Teria dado qualquer coisa para ser capaz de detê-la, agarrá-la por um braço e olhá-la fixamente nos olhos sem recorrer à mediação das palavras que sempre acabavam abandonando-o, e sim dos corpos. Esta era a linguagem na qual se sentia seguro. Queria beijar sua boca e seu nariz e suas pálpebras e depois empurrá-la até a cama e entrar nela, firme e seguro, domando-a ao seu ritmo, até levá-la a este lugar exclusivamente dele, onde não cabiam outros homens nem outras mulheres, nem passado nem futuro, onde não havia Georg Kuritzkes nem Regina Langquarz que valessem. Só ela e ele. Juntos. Mas estava paralisado, rangendo os dentes, o cenho franzido, com a cabeça apoiada na parede e uma sensação de vazio no estômago. Tinha a consciência aguda de que cada segundo que passava jogava contra ele, de que devia dizer ou fazer alguma coisa, qualquer coisa. No entanto, até o último momento, ficou esperando que ela o fizesse. Por algum motivo as mulheres eram imensamente mais fortes que os homens. Percebeu que tinha posto tudo a perder tarde demais, quando a viu pegar correndo o casaco do cabideiro e bater a porta com força antes de descer correndo as escadas, de dois em dois.

Neve. Paris inteira estava coberta de neve. Os telhados, as ruas, as marquises das lojas, os barcos que cruzavam o Sena, protegidos com pneus sob o céu cinza que se confundia na distância com a superfície nebulosa do rio, ainda mais cinza e plúmbeo, com nervuras verde-escuras, tão desolado quanto o Danúbio numa tarde de inverno. Procurou-a durante dias por toda parte. Na casa de Ruth, na de Chim. Fez mil vezes toda a rota dos cafés sem nenhum resultado. La Coupole, Le Cyrano, Les Deux-Magots, Le Palmier, Café de

Flore... Nada. A terra a havia engolido. André caminhava como um fantasma pelas ruas nevadas, com o casacão abotoado até o pescoço e as lapelas levantadas, ouvindo por toda parte um rumor de canções de Natal e dos sinos que as crianças agitavam pelas portas para pedir doces e dinheiro. Olhava com infinita melancolia para os vidros embaçados das janelas com cortininhas atrás daquilo que imaginava como lares confortáveis e quentes. Descobria as razões mais antigas do desenraizamento. Lembrava-se das vias de Pest tal como eram quando ele tinha 6 ou 7 anos e vivia no número 10 da rua Városház Utca, na parte dos fundos de um bloco de apartamentos com corredores e escadas com corrimões. Nesta época, gostava de grudar o nariz nos vidros das lojas de brinquedos do outro lado do rio, na área senhorial, onde os grandes palácios do império austro-húngaro ainda continuavam de pé, e sonhar acordado, embora já intuísse que são Nicolau não ia deixar nenhuma daquelas magníficas locomotivas de latão junto à sua meia na chaminé, porque os santos cristãos não tinham jurisdição no distrito judeu e, além disso, o serviço postal não chegava aos bairros operários. Certas coisas era melhor saber o quanto antes. Quem você é. De onde vem. Aonde vai. Por isto aos 15 anos tinha se juntado ao bando dos deserdados do mundo. Pensava nela, é claro. A toda hora. De manhã e à noite. Vestida e nua. Calçada e descalça, jogada no sofá, com um pulôver que lhe cobria até as coxas e um punhado de fotografias no colo, sem maquiagem, com aquele ar sexual e indolente de recém-acordada que o deixava louco. Pensava tudo isto enquanto passava sob a estrela de Belém que pendia no boulevard des Capucines e olhava de soslaio para as vitrines das confeitarias repletas de maçapães enfeitados com o distintivo tricolor e castanhas adocicadas. Via as lojas adornadas com folhas de azevinho, as barracas dos ambulantes cobertas de flores de Natal e queria morrer. Os ombros encolhidos, as mãos enfiadas nos bolsos. Tinha a impressão de que fazia ainda mais frio que nos invernos glaciais da Hungria, usava dois pares de meias e um casacão forrado com pele de carneiro, mas dava na mesma, continuava congelando. Caminhava com o frio dentro da alma, inflamado consigo mesmo, o andar errático, desajeitado, em meio às pessoas que seguiam em sentido contrário carregadas com pacotes. Sentia uma cólera cega contra o mundo. Duas vezes devolveu os esbarrões sem pedir desculpas e, diante da expressão indignada de algum transeunte, limitou-se a dar um pontapé no meio-fio da calçada.

— Maldito Natal.

XI

Não estava claro como havia sido a morte, mas tudo indicava que fora suicídio. Gerta soube por Ruth. Sabia que André adorava o pai. No fundo era igual a ele. Fantasioso, imaginativo, capaz de acreditar em suas próprias mentiras ao ponto de chegar a transformá-las em verdades. De fato muitas das anedotas com as quais André gostava de entreter os amigos nas reuniões não eram mais que novas versões das histórias que centenas de vezes, durante a infância, tinha ouvido seu pai contar no Café Moderno de Pest quando ia buscá-lo por ordem de sua mãe antes que gastasse todo o patrimônio familiar em uma partida de buraco.

Dezsö Friedmann, como André, era um romântico incurável, que havia crescido no interior da Transilvânia, amparado por contos camponeses e lendas medievais. Saiu dali para conhecer o mundo quando ainda era adolescente e sobreviveu de cidade em cidade por toda a Europa, sem um centavo, graças à picaretagem, até que um dia conheceu Julia, a mãe de André, e virou alfaiate.

André ouvia aquelas aventuras mundanas com os olhos arregalados, entre orgulhoso e divertido, como quando lhe contou que uma vez tinha utilizado como visto para atravessar a fronteira o menu de um seleto restaurante de Budapeste. Imaginava-o muito sério, tirando os documentos do bolso interno do casaco, com ares de autoridade, e morria de rir. Muitos anos depois o próprio André tinha utilizado o mesmo truque para sair de Berlim, e igualmente funcionou. A sorte também se herda.

Para ser um bom jogador é preciso se comportar como se tivesse sempre um ás na manga, dizia seu pai. Se você sabe representar bem o papel de vencedor, acaba ganhando a partida. O ruim é que às vezes a vida descobre seu jogo antes do previsto. Então só resta apostar tudo na última mão. Dezsö perdeu.

O jogo é uma doença secreta que se carrega nos genes, como a cor do cabelo ou a fé nos presságios. André tinha este gene nas veias. Quando as coisas não iam bem, dedicava-se a beber e a fazer apostas. Como costumava dizer Henri Cartier-Bresson com seu olho de normando infalível: André nunca foi um sujeito extremamente inteligente. O seu negócio não era indagar pela raiz intelectual dos conceitos, mas era um jogador incrivelmente intuitivo. Fixava-se em detalhes que para os outros passavam despercebidos. Suponho que a experiência tinha lhe aguçado o olfato. Estava desde os 17 anos fora de casa, de hotel em hotel, e depois de guerra em guerra. Possuía um dom para fazer acontecer. Era um jogador nato.

Tinha razão, como se demonstraria muito tempo depois, na madrugada do dia 6 de junho de 1944 enquanto a névoa rasgava em farrapos o céu do canal da Mancha.

Mar. Barulho de mar. Impossível conseguir foco com aquele movimento. Acima, o tamborilar das máquinas, a trepidação da coberta. Abaixo, o abismo espumante das ondas. André não pensou duas vezes. Saltou à lancha de desembarque com as duas câmeras penduradas no pescoço. Uma Leica e uma Rolleiflex. Então olhou para a praia tentando calcular a distância e a profundidade em que flutuavam. À frente, 6 quilômetros de areia semeados de minas. Omaha Beach. Ninguém havia explicado àqueles garotos o que diabos tinham que fazer. Só que deviam salvar a Europa das garras dos nazistas. Enquanto se aproximavam da margem, piscou o olho para um jovem soldado americano da Companhia E do 116° Regimento de Infantaria. "Nos vemos lá, rapaz", disse para lhe dar ânimo.

Poucos minutos depois o mundo explodiu em pedaços. A maioria daqueles garotos ainda não tinha completado 22 anos. Foram abatidos antes de conseguir pôr um pé na areia. Chamas alaranjadas no foco entre milhares de partículas de água pulverizada. Armadilhas antitanque. Estampidos de morteiro. Rugidos de mar. Ordens de comando quase abafadas pelo vento e pelos motores das lanchas. André disparava sem ter tempo de ajustar o foco. Fotos instantâneas rápidas, fugazes. *Images of war.* Depois a espuma batida do Atlântico se tingiu de vermelho na maior carnificina do dia D. Dois mil mortos em apenas algumas horas.

André foi o único fotógrafo que desembarcou na primeira leva. Alistou-se voluntário com o 116º. No Easy Red. "O correspondente de guerra tem nas mãos sua aposta, sua vida", escreveu no livro *Ligeiramente fora de foco.* "E pode colocá-la neste ou naquele cavalo ou voltar a guardá-la no bolso no último minuto. Eu sou um jogador. Decidi ir com a primeira leva." Sobreviveu por milagre tratando de avançar com água pelo pescoço e depois arrastando-se ao longo de 200 metros de areia minada. O jogo de gato e rato. É claro que então nem ele se chamava mais André Friedmann nem ela estava ao seu lado. Tinha morrido há sete anos. Sete longos anos com cada um de seus dias e de suas malditas noites nas quais nem uma vez deixou de sentir sua falta. Talvez a única coisa que quisesse era que alguém por caridade lhe desse um tiro de uma vez.

Gerta também sabia alguma coisa sobre este assunto. Ou isto ou aquilo. Aqui ou lá. Viva ou morta. Afinal de contas, a vida era um mero jogo de azar. Caminhou pelos bares do outro lado da Petit Pont e o viu de costas pela vidraça do café. Sabia que o encontraria ali. Estava sozinho, de pé, dentro de um casaco que parecia de alguém muito mais corpulento do que ele, imóvel, os braços cruzados em cima do balcão e a cabeça baixa, ensimesmado, rompendo sua quietude apenas para levar o copo aos lábios. Ainda não eram onze da manhã. Triste como uma árvore na qual acabassem de abater um rouxinol, pensou ela, e sentiu que as lágrimas começavam a nublar seu olhar. Amaldiçoou-se como sempre que isto lhe acontecia, embora não soubesse bem por quem chorava. Esteve a ponto de voltar por onde tinha vindo. Mas alguma coisa superior à sua vontade a retinha ali, então esperou que o vento secasse seus olhos, respirou fundo, apelou para toda a altivez com que seu pai a havia educado e foi ao encontro do seu homem com a cabeça erguida e sua peculiar maneira de andar, aliviada por tê-lo encontrado, mas também resolvida a não ceder diante dele nem 1 milímetro de seu território.

— Que frio — disse encolhendo os ombros e ficou ali parada, ao lado dele, com os punhos fechados dentro dos bolsos.

Ele levantou as sobrancelhas.

— Onde esteve? — perguntou-lhe em um tom fechado.

— Por aí — respondeu ela. E ficou em silêncio.

Aconteceu assim. Sem surpreender-se muito um com o outro, sem grandes palavras nem efusões desnecessárias. De um modo natural, como se reatassem um diálogo interrompido temporariamente. Cada um tinha percorrido seu trecho do caminho.

— É melhor voltarmos para casa, não? — voltou a dizer ela após um tempo. E começaram a caminhar devagar pela calçada, ele escorando-se nas paredes, procurando manter a linha reta. Ela apoiando-o muito discretamente, para não o humilhar.

Voltaram a viver juntos. Deixaram o apartamento da torre Eiffel e se mudaram para o hotel de Blois, na rue Vavin. Da janela de seu quarto avistavam o terraço do Dome. Só tinham que espiar para ver quem estava na reunião e descer caso a clientela fosse de seu agrado. Apesar disto, a verdade é que entre a campanha eleitoral e as reportagens para a Alliance Photo não tinham muito tempo para reuniões.

Em fevereiro as autoridades francesas decidiram conceder aos jornalistas um visto de trabalho que lhes garantisse o direito de residência. Gerta achou que esta era a única maneira de legalizar sua situação. Conseguiu seu primeiro documento de imprensa, assinado pelo chefe da agência ABC Press-Service de Amsterdã. Na fotografia do documento aparece muito risonha, com uma jaqueta de couro, o queixo um pouco levantado e o cabelo curto e louro caído meio de lado sobre a testa. O sorriso orgulhoso. Quatro de fevereiro de 1936. Aquele documento significava muito mais que uma garantia legal. Era o seu passaporte como jornalista.

Começou a escrever suas primeiras crônicas e a vender uma ou outra foto, embora nunca tivesse deixado de pensar pelos dois como a *manager* que tinha prometido ser. Precisavam de dinheiro. Com a informação política não daria para chegar ao fim do mês, então a combinaram com outro tipo de reportagens, pequenas peças sobre a vida parisiense naquela primavera incipiente quando tudo estava a ponto de acontecer. Os mercados de rua e os subúrbios eram os lugares preferidos de André, onde se sentia verdadeiramente à vontade. Ali fervia o verdadeiro caldo da vida. Cenários marginais como o cinema Croché, um tablado ao ar livre administrado por dois caça-talentos sem escrúpulos. As pessoas representavam diante de uma câmera com público ao vivo. Havia casais que imitavam as danças de Fred Astaire e Ginger Rogers até a exaustão. Gente jovem com ambição e vontade de devorar o mundo, mas também velhos reservistas de cabaré, homens derrotados pela vida, que estavam atravessando uma má fase e procuravam alguma saída. André simpatizava com eles. No final de cada interpretação os espectadores implacáveis mostravam sua aprovação ou seu repúdio com aplausos ou vaias. Ele se limitava a fotografar emoções como sempre fez. Sabia o que procurava e encontrava. Em Paris ou em Madri. Na Normandia ou no Vietnã. Nas comemorações da Bastilha ou nos subúrbios do cinema Croché. Dirigia sua objetiva para o interior dos rostos. Sua câmera capturava a emoção e a retinha. Tanto fazia se era um ancião esgotado, descendo do palco com a cabeça baixa em tempos de paz ou uma miliciana servindo sopa de uma panela com uma concha em plena guerra. O estilo era o mesmo. Chegar aonde ninguém mais podia chegar: um casal saudando eufórico no tablado de dança; dois meninos sentados na calçada, jogando bola de gude, atrás uma casa destruída pelas bombas; uma bailarina de olhos negros riscando no ar um garrancho de fogo; dois velhinhos britânicos tomando chá em um refúgio da Waterloo Road durante um bombardeio alemão em 1941. A cara e a cruz. Emoções.

Foram meses de trabalho duro. As jornadas eram longas e exaustivas. Chegavam ao hotel cansados. Mais de uma vez caíram adormecidos na cama sem que tivessem tempo nem sequer de tirar a roupa, vestidos, abraçados, jogados em diagonal em cima da colcha, o rosto dela sobre o estômago dele, como duas crianças ao voltar de uma viagem. Em alguma parte se estava gerando uma guerra como uma asa de corvo entrando pela janela do apartamento de cobertura.

Havia muitas dívidas para saldar, o material fotográfico era caro, os jornais pagavam com semanas de atraso. Além disso, havia Cornell. Depois da morte do pai de André, seu irmão mais novo, Cornell, uniu-se a eles em Paris. Era um garoto magro e tímido de 17 anos, com ombros ossudos e cara de esquilo. Tinha viajado com a intenção de estudar medicina, mas acabou como todos, revelando fotos na pia do banheiro. Precisavam conseguir dinheiro como fosse. Gerta não parava de quebrar a cabeça. E então, de repente teve uma ideia. Era exatamente o que precisavam. Um golpe de mestre.

Inventaram um personagem, um certo Robert Capa, suposto fotógrafo americano, rico, famoso e com talento. O sonhador que havia em André ficou fascinado com o nome. Sonoro. Curto. Fácil de pronunciar em qualquer língua. Além disso, lembrava o do diretor de cinema Frank Capra, que tinha arrasado nos Oscar com o filme *Aconteceu naquela noite*, interpretado por Claudette Colbert e Clark Gable. Um pseudônimo cinematográfico, cosmopolita, sem conexão clara com nenhum território, difícil de enquadrar em critérios étnicos ou religiosos. O nome perfeito para um nômade sem pátria.

Ela também mudou de identidade. Meu nome é Taro. Gerda Taro. As mesmas vogais de Greta Garbo, sua atriz favorita. As mesmas sílabas. A mesma música. Tanto podia ser um nome espanhol, sueco ou balcânico. Tudo menos judeu.

Se a gente não pode sequer escolher o próprio nome, então que mundo é este, dizia.

Tratava-se mais uma vez de uma brincadeira, um embuste inofensivo, mas sustentado de coração. Desdobrar-se, transformar-se em outros, representar. Como quando criança imitava as atrizes do cinema mudo no sótão da casa de Stuttgart.

Os atores estavam definidos. Só precisavam de um bom argumento para o filme e logo o encontraram. André fazia as fotos, Gerda as vendia, e o tal Robert Capa levava a fama. Mas, como se supunha que era um profissional muito bem cotado, Gerda se recusava a vender os negativos por menos de 150 francos. O triplo da tarifa vigente. Mais uma vez os ensinamentos de sua mãe voltavam proféticos. Também os de Dezsö Friedmann: a aparência de sucesso atrai o sucesso.

É claro que às vezes surgiam problemas, pequenos desajustes de roteiro, mas se arranjavam para resolvê-los com engenho. Se André não conseguia tirar uma boa foto de um comício da Frente Popular ou da última greve da Renault, Gerda sempre o encobria.

— Aquele desgraçado do Capa voltou a se mandar para a Côte d'Azur com uma atriz. Maldita seja sua imagem.

Mas nenhuma brincadeira é de todo inofensiva. Nem inocente. André interiorizou o papel de Capa até os miolos. Grudou-o na pele como uma luva. Esforçou-se até a exaustão para ser o fotógrafo americano triunfante e audaz que ela queria que fosse. Mas no fundo de sua alma sempre restava um sedimento de melancolia por saber por qual dos dois ela estava realmente apaixonada. André amava Gerta. Gerda amava Capa. E Capa, finalmente, como todos os ídolos, só amava a si mesmo.

Sua câmera estava sempre no lugar dos fatos, na cobertura das Galeries Lafayette, nas oficinas da Renault, nas arquibancadas do estádio do Buffalo, onde mais de 100 mil franceses encheram o campo para celebrar o sucesso da greve dos operários do metal. Escondido entre a multidão, no meio da rua, em um comício, procurava novas perspectivas que permitissem arrancar as entranhas daquele tempo que escapava entre suas mãos.

Dias que duravam o que demora para voar uma andorinha. A atualidade os estava engolindo sem que se dessem conta. Sentiam-se tão dentro do mundo que abaixaram a guarda. Entretanto havia pessoas que seguiam, passo a passo, todos os seus movimentos: o primeiro café do dia no terraço do Dome; a mão dela por debaixo da camisa dele em um ônibus em Saint Dennos; o amor apressado em um trajeto de táxi da Pont Neuf até o clube Mac-Mahon; o sol filtrando-se entre os dedos de Gerta nas escadas do hotel Blois quando ela lhe cobriu o rosto com as mãos e ele a despiu depressa com um brilho de alienação nos olhos, a boca procurando-a com urgência, impaciente, ofegante, os dedos dela lutando tenazmente para desabotoar os botões da camisa, a língua dele lambendo seu queixo altivo, enquanto subiam abraçados até o terceiro andar, onde ficava o quarto, apertando-se em cada patamar, desfalecidos, quando finalmente conseguiram colocar a chave na fechadura. Toda uma rede de espionagem se abatia sobre eles, mas o amor não vê nada. É cego. Só Chim de vez em quando, com sua perspicácia de talmudista experiente, notava estranhas coincidências, rostos que se repetiam com excessiva frequência nos mesmos lugares, circunvoluções discretas que não podiam indicar nada de bom.

Eles, no entanto, sentiam-se seguros com suas credenciais de imprensa recém-estreadas e sua flamejante identidade. Jovens. Bonitos. Imbatíveis. Como se todo o anterior pudesse desaparecer por decreto. Robert Capa e Gerda Taro no quilômetro zero de suas vidas. Por acaso era possível imaginar sonho mais alto?

Em 3 de maio a coalizão de esquerda que formava a Frente Popular chegou ao Eliseu, como tinha acontecido pouco antes na Espanha, e Robert Capa estava lá para fotografar cada instante daquela euforia. Fazia apenas três meses que as tropas alemãs haviam ocupado tranquilamente a Renânia, desafiando o Tratado de Versalhes. A França inteira estremeceu. Os parisienses se mobilizaram. Milhares de cidadãos anônimos tomaram as ruas, e os rostos preocupados, tensos ou esperançosos se refletiram em cada uma de suas fotografias quando lotaram a Place de l'Opera para ver os resultados eleitorais projetados em uma tela gigante. Finalmente uma força capaz de deter o avanço do fascismo. Dois terços das cadeiras da Câmara, com os socialistas e seu candidato à cabeça: Léon Blum, o herói que tinha conseguido sobreviver ao atentado fascista de fevereiro. As bandeiras vermelhas tremulavam nos ministérios. Por todas as pracinhas de Montparnasse surgiam acordeonistas de ruas tocando "L'Internationale".

No mês de julho, Maria Eisner pediu a Gerda que negociasse com Capa uma reportagem pelo vigésimo aniversário de Verdun, a batalha mais sangrenta da Primeira Guerra Mundial. As fotos puseram de manifesto um cenário desolador: vastas áreas de terra de ninguém cobertas de árvores carbonizadas e crateras cheias de água estancada. A cerimônia foi especialmente emotiva. O cemitério militar estava iluminado por centenas de refletores. Cada ex-combatente se situou atrás de uma cruz branca e depositou um buquê de flores sobre um túmulo. Em meio àquele silêncio assustador soou de repente o disparo de um canhão. Neste momento as luzes se apagaram, e a multidão ficou às escuras. Não houve discursos. Só a voz de um menino de 4 anos pedindo paz para o mundo. Seu chamado, através dos alto-falantes situados nos quatro cantos do cemitério, arrepiou a pele de todos os que lá estavam.

Não serviu para nada. Pouco depois de retornar de Verdun, Gerta e André, ou melhor dizendo, Gerda e Capa, foram jantar com alguns amigos para comemorar o aumento salarial aprovado pela Frente Popular. Estavam no balcão do Grand Monde, onde os garçons preparavam os melhores coquetéis de toda a Rive Gauche. Ela usava um vestido preto cavado nas costas que lhe dava um ar de musa de Hollywood; ele, gravata e blazer claro. Uma brisa leve agitava as árvores da margem do Sena. Dezessete de julho. Música, risadas, tinidos de taças e, de repente, outra vez, no meio da felicidade, a asa de um corvo.

Da cozinha do restaurante, através da minúscula janelinha de um aparelho de rádio foi abrindo passagem a notícia do levantamento da legião espanhola no Marrocos sob o comando de um tal Francisco Franco, um obscuro general de meia pataca. A caricatura espanhola de Hitler e Mussolini.

A contagem regressiva tinha começado.

XII

—D uas calças
      - três camisas
- roupa de baixo
- meias
- uma toalha
- um pente
- um pedaço de sabonete
- lâminas de barbear
- absorventes
- o caderno vermelho
- um mapa
- esparadrapo
- aspirinas...

Estava se esquecendo de alguma coisa e não sabia o que era. Gerda parou um instante, pensativa, com um dedo apoiado na testa diante da bolsa de viagem aberta em cima da cama e de repente estalou os dedos. Claro. Um dicionário bilíngue de espanhol.

A Espanha tinha se transformado no olho aberto do grande redemoinho do mundo. Não se falava em outra coisa. Até os surrealistas mais afastados da política abraçaram a causa republicana, encontrando-se na casa de um ou de outro em reuniões improvisadas onde fervilhavam as notícias cada vez mais contraditórias e alarmantes. Levante militar nas Canárias e nas Baleares. Resistência em Astúrias. Um tal Queipo de Llano alçado em Sevilha, matanças e exercícios em Navarra e Valladolid... O cenário que cada um representava na mente lembrava muito as pinturas da fase negra de Goya. Vermelho de fogo e betume de inferno. Por isto, quando mais tarde começaram os bombardeios sistemáticos de Madri, cada projétil retumbou também nos alicerces de Paris como um aviso dos cataclismos que ainda estavam por atingir a Europa. As ruas eram um fervedouro. Todos iam ao La Coupole e ao Café de Flore com o desejo de saber algo além do que se podia ler nos jornais. Uma informação de última hora, um testemunho fiável, qualquer novidade... Enquanto os governos da Europa deixavam a jovem República espanhola aos pés dos cavalos, um gigantesco exército de homens e mulheres saiu para defendê-la por sua conta e risco.

Havia escritores, operários metalúrgicos, trabalhadores portuários do Reno e do Tâmisa, artistas, estudantes, a maioria sem nenhuma experiência militar, mas com a convicção profunda de que a grande batalha do mundo estava se decidindo do outro lado dos Pireneus. Também havia jornalistas e fotógrafos, dezenas de enviados especiais de todos os países. Muitos refugiados que compartilharam mesa e cigarros com Gerda e Capa nas noites do Capoulade se integraram às Brigadas Internacionais... O poeta Paul Éluard escreveu no editorial do *L'Humanité*: "A gente se acostuma a tudo / menos a estes pássaros de chumbo / menos ao seu ódio àquilo que brilha / menos a lhes ceder o lugar."

Gerda olhou pela janela. Nunca antes tinha subido em um avião. Sob a fuselagem, os Pireneus tinham uma cor malva desbotada, como uma camiseta desgastada por muitas lavagens, cada encosta parecia cavar seu sulco de sombra no entardecer. Lucien Voguel, o editor da revista *Vu*, havia fretado o voo a Barcelona com uma pequena expedição de jornalistas para publicar um número especial sobre a guerra civil. Céu limpo, firme como um aquário, luz cristalina com hélio e parélios verde-lima. Gerda estava absorta naquele espaço que dentro de pouco tempo começaria a cobrir-se de estrelas. Muito lindo, pensou em voz alta. Capa a observou como se acabasse de conhecê-la. Nunca havia lhe parecido mais bela que naquele momento, a nuca apoiada no couro do respaldo, o queixo ossudo, os olhos sonhadores, saboreando uma esperança inexplicável.

Às vezes acontecia isto com ela, ele ficava de fora. Achava que a possuía e de repente uma palavra, uma simples frase, o fazia perceber que na verdade não sabia muito sobre o que passava pela cabeça dela em alguns momentos. Mas aprendera a conviver com isto. Era verdade que estava longe, abstraída. Havia retornado a Reutlingen, quando tinha 5 anos e voltava caminhando com seus irmãos da padaria de Jacob com um bolo de sementes e leite condensado para o jantar. Três crianças com pulôveres de lã, enlaçadas pelos ombros olhando o céu enquanto as estrelas caíam como punhados de sal, de duas em duas, de três em três... Nunca tinha estado tão perto delas como então. A proximidade a fez sentir-se solitária, um pouco melancólica. Como se em algum lugar soasse uma música secreta que só ela pudesse ouvir. A mensagem das estrelas.

Viam-se já as luzes da cidade, o triângulo do Montjuic aumentando por instantes, a extensão inclinada das casas com o motor em retardo, quando de repente se sentiu levantada por um lado, como se alguém a tivesse puxado bruscamente por um ombro. O barulho do motor ficou mais denso, e as 5 toneladas de metal começaram a tremer. Parecia que o motor tinha diminuído seu funcionamento. Em lugar de remontar, perderam 1.000 metros de repente. Na carlinga as agulhas dos indicadores de posição oscilavam cada vez mais rapidamente. A pressão do óleo começou a minguar. Toda a massa do avião se agitava com um tremor furioso. Olharam-se uns aos outros sem pronunciar uma palavra. Estamos caindo, pensou ela, mas não houve tempo suficiente para sentir medo nem para pedir ao seu deus que os tirasse daquela. Estavam no nível das colinas, com os tímpanos doloridos pela mudança de pressão e o coração a cem batimentos por minuto, mas calados. Até aí a vida. As pequenas hortas que cercavam o aeroporto de Prat começaram a girar ao redor das janelas, primeiro de um lado, depois de outro. O piloto com a cabeça afundada na cabine não distinguia mais a massa do céu da terra. Punha toda sua concentração em dominar o avião. Nem sequer olhava o giroscópio. Tentou evitar as colinas como pôde, mas já estava entre elas, e tomou a resolução de aterrissar em qualquer lugar até fincar-se no chão. O avião corria no feixe das luzes com os 500 cavalos acelerado, direto para a terra. *Siod, Eloim, Javé...* Gerda não teve tempo para mais nada. De repente as luzes vermelhas do balizamento se acenderam, e viu que o avião tentava levantar o focinho e ia se escorando com a asa na parede de um depósito. O estrondo foi tão intenso que fazia os ouvidos sangrarem. Via André gesticular como um ator de cinema mudo. Mexia a boca, gritando alguma coisa, mas não conseguia ouvir o que dizia. Havia muita fumaça dentro e o cansaço garroteava seus músculos. Em seguida chegaram bombeiros, milicianos, um caminhão militar com a cruz vermelha pintada na lona... vozes indefinidas em uma língua que não compreendia, murmúrios confusos, braços que levantavam os feridos. Tiraram o piloto numa maca. Também foram recolhidos dois repórteres com fraturas de distinta gravidade, o próprio Lucien Voguel quebrou o braço direito em três lugares, mas Capa e Gerda conseguiram sair do avião com seus próprios pés, um pouco aturdidos e desorientados, mas ilesos. Teria sido melhor cruzar a pé a fronteira por Irun, como havia feito Chim.

É bom deixar para trás um mau porto e, ao tocar terra, soltar palavras fortes, cuspir com vigor uma blasfêmia, esporrar no maldito Deus do Sinai com suas malditas tábuas da lei e seu maldito mau humor proverbial. Foda. Foda. Foda... Foi a primeira coisa que Capa fez. A gente se sente muito melhor depois disto.

— Teve medo? — perguntou a ela lhe passando um gole de uísque que alguém lhe dera diretamente da garrafa. Estavam indo para Barcelona em um carro dirigido por um miliciano de macacão azul com as trinchas cruzadas no peito e duas cartucheiras no cinto.

— Não — respondeu Gerda sem se vangloriar. E não era nenhuma bravata, é que não tinha dado tempo. O medo precisa do repouso da consciência. Este sentimento não lhe era estranho. Conhecia todos os seus sintomas, como ia se apropriando da imaginação quando se tinha horas por diante para calcular, uma a uma, todas as suas possibilidades aterradoras. Havia-o sentido em Leipzig centenas de vezes, em Berlim, em Paris. Sentia-o ainda toda vez que se lembrava de sua família ou ignorava seu paradeiro. Mas o que percebeu no avião foi algo diferente. Algo imediato e puro. Uma espécie de vertigem contra a qual era inútil se rebelar.

Capa acendeu um cigarro e balançou a cabeça para os lados, recriminando-a suavemente, a expressão séria, o tom paternalista.

— O medo não é um mau companheiro de viagem — disse sem saber que estava dando o melhor conselho que se pode dar a alguém em uma guerra. — De repente pode salvar sua vida.

Barcelona não era mais a cidade burguesa e senhorial que Capa tinha conhecido durante sua primeira viagem à Espanha na primavera de 1935. O sindicato anarquista da CNT tinha montado seu acampamento provisório em plena Via Layetana; muitas igrejas se transformaram em garagens ou depósitos de maquinaria, e as paróquias em escritórios dos sindicatos; os principais bancos e os grandes hotéis tinham sido tomados pelos trabalhadores. O Partido Operário de Unificação Marxista (POUM), de tendência trotskista, tinha sua base no Hotel Halcón, perto da plaza de Cataluña, e o Ritz era agora um restaurante popular em cuja entrada figurava o cartaz: "UGT-Hotel Gastronòmic número 1-CNT."

O delegado de propaganda da Generalidade da Catalunha, Jaume Miravitlles, um sujeito moreno e afável de uns 30 anos, proporcionou-lhes uma pensão em Las Ramblas onde se instalar e os passes de imprensa necessários para fotografar a cidade.

Depois do acidente, a euforia que sentiam por estar vivos se traduzia em todos os seus gestos, como se celebrassem cada minuto juntos para o que pudesse vir: a maneira de fazer amor, agarrando-se muito fortemente um ao outro, porque em um dia não muito longínquo talvez um dos dois, ou os dois, estaria morto, e então já não haveria nada, nem um mísero prego ao qual se agarrar; a graciosa silhueta dela atravessada na cama, tenra e semiadormecida com o pijama dele; as brigas risonhas pela posse de uma esponja ou por conviver juntos dentro do pequeno retângulo de um espelho. Ele tentando fazer a barba por cima de seu ombro, com meia cara ensaboada; ela desalojando-o a cotoveladas para pintar os lábios. Os olhos de Gerda de um verde raro, fitando-o zombeteira, entre sedutora e "não fui eu". As chamas azuis de um fogareiro a gás sob a cafeteira a ponto de borbulhar. Sua fome canina no café da manhã.

Durante os primeiros dias percorreram fascinados as ruas em meio a uma multidão de homens armados, crianças brincando entre os sacos de terra das barricadas, milicianas vestidas de macacão azul com trinchas atravessadas no peito, da CNT, do POUM, do PSUC, mulheres-soldados de olhos negros e juba aleonada, com um jornal em uma mão e o Mauser na outra. Eram imagens que rompiam o tradicional código feminino. Aquelas mulheres pertenciam a outra estirpe. Não eram das que escondiam a cabeça embaixo do travesseiro quando ouviam um coiote uivar, mas das que se colocavam na janela e começavam a disparar, afugentando os fascistas a tiros. As revistas francesas e britânicas competiam para colocá-las na capa, não apenas por sua coragem, mas pelo que supunham como filão iconográfico. "O glamour da guerra", sentenciou Capa com a cara torcida, enquanto um carro requisitado com as siglas da UHP pintadas a brochadas nas portas atravessava o Paseo de Gracia a toda velocidade em direção a Capitania.

Em poucos dias os dois se moviam neste ambiente como se tivessem sido criados no bairro da Gracia. Varreram a cidade de ponta a ponta, alimentando-se da mínima fibra de emoção, tentando interpretar o mundo com suas câmeras. Todas as fotos levavam o *copyright* "Capa", no entanto, sobretudo no início, era fácil distinguir a autoria. Ele trabalhava com a Leica, de disparo rápido e fácil de aproximar do objetivo com um simples movimento de zoom. Seus enquadramentos costumavam ser mais fechados que os dela, mas incluíam quase sempre outros elementos que davam vida ao entorno. Gerda usava a Rolleiflex, que colocava à altura do peito, mais lenta. Demorava para preparar o enquadramento. Suas fotografias eram mais corretas do ponto de vista técnico, porém mais convencionais. Faltava-lhe espontaneidade. Estava começando e ainda não se sentia segura. Mas tinha intuição para identificar os momentos que não se repetiriam. Um casal sentado ao sol, ele com macacão azul e gorro de miliciano segurando um fuzil apoiado no chão. Ela muito loura, com um vestido escuro. Os dois rindo abertamente. Alguma coisa chamou a atenção de Gerda, talvez a semelhança do casal com eles, idade similar, alguns traços físicos quase intercambiáveis, a mesma intimidade, o ar cúmplice. Enfocou. Procurou um enquadramento frontal, apoiando-se no contraste de luz. As duas silhuetas se recortavam contra um fundo de árvores. Clique. Era uma fotografia alegre à primeira vista, no entanto havia nela uma aura trágica, algo vagamente premonitório.

Mas a guerra não era isto nem de longe. Na Estación de Francia se amontoavam milhares de soldados preparados para partir em direção à frente de Aragão sob o céu de vidro das marquises enquanto os microfones da Unión Rádio não paravam de fazer chamadas de recrutamento. Gerda e Capa fotografaram centenas de rapazes jovens despedindo-se de suas namoradas, homens feitos abraçando os filhos pequenos, mulheres fortes urgindo-os a apressar-se, ajudando-os a colocar a camisa para dentro da calça. Não havia lágrimas nem Andrômecas naquela plataforma. Só uma densa névoa ferroviária soberana sob a luz transversal da manhã, vagões repletos de voluntários com as portas abertas e o lombo atravessado por palavras de ordem escritas com tinta branca: "ANTES MORRER DO QUE ACEITAR A TIRANIA." Jovens cheios de vida que espiavam pela janela, agitando os punhos. Não tinham nem ideia do que os esperava. A maioria nunca voltou a ver Barcelona.

No porto de Cádiz acabava de atracar um cargueiro com o primeiro envio de aviões e soldados nazistas para o solo espanhol.

XIII

O caminho estreito. O sol manchando de luz o capô do carro. Um cigarro aceso, o cotovelo apoiado na janela aberta. Capa dirigia com precaução por causa das curvas e dos sucessivos controles. Gerda estava com a cabeça apoiada no encosto, enquanto o vento seco dos olivedos revolvia seu cabelo. Ia assobiando o refrão de uma canção que se ouvia naqueles dias por toda parte. *Subi em um pinheiro verde / para ver se... o avistava / para ver se... o avistava. / E só vi um trem blindado / como tiroteava bem / como tiroteava bem. / Vamos, coragem, coragem / apita a locomotiva / E Franco... vai a passeio / e Franco... vai a passeio.* Viajavam em um carro oficial de imprensa pela mesma estrada usada pelos veículos militares que se dirigiam à frente. O joelho dela junto à caixa de câmbio, afastando-se e elevando-se nos buracos. Gostava desta proximidade dos dois dentro do carro, percorrendo uma terra que mal conheciam, que ainda não amavam. Durante todo o caminho foram cruzando com caminhões nos quais ondeava a bandeira vermelha e preta da CNT. De vez em quando retumbava, como um trovão muito longínquo, o estrondo de um projétil.

Em Huesca o front se estabilizara. Tudo transcorria com tanta lentidão que os milicianos, depois de aquartelar as metralhadoras em seus postos, ainda tinham tempo para ajudar os camponeses a colher e debulhar o trigo nas plantações coletivizadas dos arredores. Gerda caminhava silenciosa entre os campos amarelos com montes de palha nas laterais das estradas, retratando muitas destas tarefas agrícolas como parte do esforço geral em defesa da República, mas tanta calma tirava Capa do eixo. A única coisa que queria era fotografar de vez uma vitória republicana.

Percorreram vários quilômetros para o sudoeste, onde lhes disseram que operava o batalhão Thälmann, formado principalmente por voluntários comunistas e judeus poloneses e alemães. Era o germe das Brigadas Internacionais. A maioria tinha ido participar da Olimpíada Operária que seria realizada em Barcelona, como contrapartida aos Jogos Olímpicos de Berlim, e teve que ser suspensa por causa da guerra. Gerda e Capa pensaram que era a oportunidade para que alguém que falasse sua língua os pusesse a par de como iam as coisas. O espanhol que tinham aprendido se reduzia a algumas poucas palavras soltas. Acompanhavam as conversas sem entender nada, mas achavam graça na gesticulação e nos excessos verbais. *Salud. Camarada. Por los cojones.* Nisto consistia seu vocabulário básico para andar por aquela terra irredenta.

Ao chegar a Leciñena, a uns 20 quilômetros da Zaragoza, encontraram um grupo de combatentes com capacete e alpargatas lendo o *Arbeiter-Illustrierte-Zeitung*. O povoado era o centro de operações da coluna do POUM com a qual George Orwell passaria o inverno seguinte antes de ser ferido. Foi um alívio poder trocar impressões com eles sobre as últimas notícias alentadoras de Madri, o povo armado marchando sobre Alcalá e Toledo, a resistência de Astúrias... Mas tampouco parecia que iam encontrar ali a ação que procuravam. O assentamento tinha sido tomado em um ataque surpresa noturno, mas depois não foram registrados muitos confrontos, e os soldados se limitavam a esperar os acontecimentos, entediados, em meio a um calor de forno que rompia os nervos até do indivíduo mais calmo. Capa não aguentava mais. As horas mortas lhe pesavam nos ombros como chumbo.

Empurrou com o pé a portinhola que conduzia através de um corredor a uma antiga mercearia transformada em taberna improvisada. Ali todas as tardes, sob as réstias de alho que pendiam do teto, os soldados sem camisa e suados matavam o tempo empinando um garrafão com manha aragonesa diante de um calendário publicitário de sabonete Heno de Pravia.

— Não servimos álcool a mulheres — disse o taberneiro, um sujeito baixo e robusto, vestido à paisana, quando viu Gerda acotovelada no balcão, fumando calmamente um Gauloises Bleues.

— Não vê que ela é estrangeira? — disparou um dos rapazes do POUM de uma das mesas. — Se os fascistas podem lhe acertar um tiro, você também pode lhe servir um tinto, caralho.

Antes que Capa e ela se dessem conta do motivo da discussão, o taberneiro já havia subido em um tablado para ordenhar o garrafão.

— Imprensa internacional — apresentou-os o cabo que os acompanhava.

Diante de tal demonstração de estraneidade e profissionalismo ao mesmo tempo, o pobre taberneiro não sabia como se desculpar. Enxugou as mãos no avental e colocou no balcão uma garrafa de tinto e duas taças lascadas.

— Vocês me desculpem, mas os copos vão quebrando e como não os fabricamos mais...

— Dá na mesma, Paco. Tampouco dê uma de sofisticado agora — respondeu-lhe o cabo. — São de confiança.

A discussão, no entanto, estava no ar. Frente às imagens das milicianas com fuzis sentadas nos cafés, os comunistas eram partidários de relegar a participação da mulher na luta a trabalhos de retaguarda, e este debate envenenava as palavras e dividia os próprios republicanos. De fato, apenas alguns meses depois, no outono, o ministro da Guerra, Largo Caballero, proibiria as milicianas de ir para o front e lhes retiraria o uniforme.

— O dono da cantina tem razão — soltou em alemão um dos voluntários do batalhão Thälmann, um comunista magro, de óculos, perito em logística. — Vocês trazem suas mulheres para a guerra como se viessem a passeio. Que o diabo o carregue, metê-las nesta confusão. Se elas querem ajudar, que trabalhem como enfermeiras, como as negras norte-americanas, pois tem muita atadura para cortar nos hospitais.

Era justamente o que faltava a Capa para tirar de cima a tensão das horas mortas. Virou-se para ele com um olhar diabólico de carvão, os músculos tensos, os braços um pouco afastados do corpo.

— E o que você tem com isto? — disparou. — Alguém perguntou alguma coisa? Por acaso eu disse que a sua namorada deve ficar em casa fazendo geleia de morango ou tocando piano? Pois algumas mulheres preferem tirar fotos para que o mundo saiba o que está acontecendo neste país, e, se você não gosta disto, que se foda.

— Veremos quem vai se foder quando derem um tiro nela ou o acertarem por culpa dela. Então vai perceber que em certas situações as mulheres só dão problemas.

Gerta assistia à discussão um tanto incomodada, sem vontade de intervir. Se havia homens que mesmo sendo comunistas viviam no século passado, que se danassem.

— Se me derem um tiro é problema meu — respondeu Capa, muito sério, encarando-o. — De mais ninguém. Ela se arrisca tanto quanto eu. Então vai aonde eu for. E se a presença dela incomoda já sabe onde está a porta. — Capa apontou para a tela de juta montada em bastidor que separava os fundos da taberna.

Gerda sorriu para ele. Por coisas como esta amava aquele húngaro orgulhoso de temperamento endiabrado e escassas maneiras. Talvez às vezes fosse ambicioso e egoísta ou encasquetasse com coisas absurdas como todos, mas era confiável e tinha um gênio azedo que o fazia comportar-se com mais audácia que a maioria dos homens em situações similares. Nobre, um pouco galo de briga e bonito até dizer chega, pensou com seus botões, enquanto tentava fixá-lo na memória tal como estava naquele momento, a camisa aberta, o semblante áspero, os punhos fechados dentro dos bolsos, xingando o alemão e a puta que o pariu.

— Um par de tetas puxa mais que duas carretas — sentenciou um civil que não falava idiomas, mas que, bêbado e tudo, entendeu de cara do que se tratava aquela briga de cães.

O alemão concentrou sua atenção no copo e bebeu tudo de um gole, calado. Tomara que os nacionais lhe mandem fogo e tenha que engolir suas palavras, imbecil, era o que devia estar pensando, mas não falou nada.

Seria ele, porém, quem teria que engoli-las uma a uma, pouco tempo depois, no dia 25, a poucos quilômetros, em Tardienta, quando foi ferido por uma metralhadora na perna enquanto seu batalhão tentava explodir um trem franquista carregado de munições e uma jovem voluntária inglesa, Felicia Browne, resgatou-o dos trilhos. Arrastou-o nos ombros por 25 metros até conseguir colocá-lo a salvo atrás de um aterro, expondo sua vida diante do fogo cruzado dos fascistas. Mas, quando deu a volta para retornar para junto de seus companheiros, um legionário de Franco lhe arrebentou o esterno com uma rajada de metralhadora leve. Trinta e dois anos. Pintora. Mulher. A primeira vítima britânica. Há homens que precisam de evidências incontestáveis para cair na real. Outros não o fazem nunca.

— É melhor guardar a coragem para quando for necessária — atravessou um camponês filósofo de uns 50 anos que assistia à discussão em segundo plano com um *caliqueño* pendurado no canto dos lábios. — Aqui todos nós estamos do mesmo lado da trincheira.

Tinha razão, pensou Capa. O incidente lhe serviu para constatar uma coisa que já havia aprendido em sua primeira visita ao país. Quando se trata de espanhóis, as normas são claras e sem lugar para equívocos. É preciso dar fumo para os homens e deixar as mulheres em paz.

O que podia significar para um jovem casal de fotógrafos aqueles campos ressecados que transmitiam uma sensação de solidão sufocante, especialmente quando os contemplavam sob o céu imóvel através do visor da câmera? Provavelmente não sabiam ainda em que território estavam pisando, mas começavam a sentir por ele um afeto inspirado na admiração pela ordem austera das pessoas, por seu rude senso de humor, pela maneira robusta que os povoados tinham de se cravar na terra. Tanto Capa quanto Gerda queriam se encaixar naquela paisagem. Pouco a pouco foram se afastando de suas origens como os rios que atravessam muitos países ao longo de seu curso. Queriam se livrar da roupa de suas respectivas nações. Este foi o primeiro ensinamento que a Espanha lhes deu. Sol e oliveiras. As nações não existem. Só existem os povos.

Passeavam ao entardecer pela praça, entre os velhos cartazes das touradas do ano anterior que amarelavam nas paredes. Fotografavam os milicianos ouvindo o líder minerador asturiano Manuel Grossi falando no balcão da prefeitura. Sentavam-se para beber de uma moringa que alguém lhes oferecia à porta de uma casa, enquanto soavam sete badaladas no relógio da torre, cujos esporões de cimento continuavam de pé, apesar de meio carcomidos por lascas de morteiro. Ouviam o tinido longínquo dos rebanhos de cabras retornando na tarde e pensavam que estavam no meio do deserto. O calor distorcia a distância com miragens onduladas. Inclusive o quartel-general do POUM parecia um acampamento de beduínos, com os paus das barracas bem amarrados. Até lá chegou numa tarde a notícia do assassinato de Federico García Lorca nas cercanias de Granada. Este era o rosto da outra Espanha, a que queimava livros e gritava "Abaixo a Inteligência!" e "Viva a morte!", a que odiava o pensamento e fuzilava ao amanhecer o seu melhor poeta.

Gerda e Capa conversavam pouco durante aquelas caminhadas, como se cada um precisasse reagir por sua conta diante daquele território habitado por cães magros e mulheres velhas vestidas de preto, com os rostos cinzelados pelo *cierzo*, que teciam cestos de vime à sombra de uma figueira. Ela começava a descobrir que talvez o verdadeiro rosto da guerra não fosse só o tributo de sangue e corpos destripados que em breve ia ver, mas a sabedoria amarga que habitava os olhos daquelas mulheres, a solidão de um cão que vagava pelo descampado, coxeando, com uma pata traseira arrebentada por um balaço, o horror dentro de uma gaveta de carpinteiro contendo um pacotinho pequeno envolto em tecido, como 1 quilo de arroz. Seu olhar de fotógrafa estava se adestrando e ela ia adquirindo pouco a pouco um extraordinário poder de observação. Levantou com cuidado a ponta do tecido por curiosidade e descobriu dentro o corpo sem vida de um bebê de poucos meses vestindo uma camisinha branca rendada que os pais iriam enterrar nesta mesma tarde. Não falou nada, mas foi caminhando sozinha até um aterro das redondezas, sentou-se no chão, com a cabeça apoiada nos joelhos, e ficou chorando por muito tempo com as lágrimas gotejando na calça, incapaz de parar, sem saber muito bem por que chorava, completamente sozinha, olhando para o horizonte daqueles campos amarelos. Acabava de aprender a primeira lição importante de sua vida como repórter. Nenhuma paisagem pode chegar a ser tão desoladora quanto uma história humana. Esta ia ser sua marca como fotógrafa. As fotos instantâneas que sua câmera captou naqueles dias não eram as imagens de guerra que as revistas militantes como *Vu* ou *Regards* esperavam, mas aqueles enquadramentos ligeiramente inclinados transmitiam uma sensação de solidão e tristeza maior do que a própria guerra. O céu baixo, os soldados caminhando pela estrada, pequenas concentrações de fumaça ao longe.

À noite se sentaram em círculo no meio do acampamento em torno do fogo. O jantar consistia em coelho com pimentões verdes e grão-de-bico em um molho escuro feito com vinho tinto. Estava bem-feito, mas ela não quis nem provar. Tinha a cabeça em outras coisas. Por isto, quando Capa propôs seguir caminho de volta a Madri no dia seguinte, sentiu como se tivesse cortado com uma faca as cordas invisíveis que a impediam de respirar.

— Vamos — respondeu.

XIV

Madri, coração da Espanha,
pulsa com pulso de febre;
se ontem seu sangue fervia
hoje com mais furor ferve...

Os versos de Rafael Alberti ecoavam a toda hora na Rádio Madrid. A cidade já havia sofrido dois bombardeios, e, embora as tropas leais tivessem conseguido deter o avanço dos fascistas pela serra de Guadarrama, chegavam notícias cada vez mais inquietantes sobre a aproximação de um grande contingente franquista pelo sudoeste. A cidade se preparava para o pior. Foi na calle de San Bernardo, em frente à garagem dos bondes, que Capa voltou a ouvir um grupo de milicianos que levantava numa barricada o grito de Pétain em Verdun "*Ils ne passeront pas*", desta vez mais alto e em espanhol. *No pasarán*. As guerras também vão deixando como herança frases que encadeiam um sangue com outro. Ocorre assim desde Troia. O tempo transtornado é próprio da guerra. Povos passados a faca, mulheres violadas e raspadas a zero, casas queimando. Waterloo, Verdun, as fogueiras da Inquisição, os desastres de Goya, o Dois de Maio...

A sensação de cidade ameaçada era muito mais evidente que Gerda e Capa viram em Barcelona. Em Madri era preciso manter as janelas fechadas e a potência dos anúncios luminosos tinha sido reduzida. Quando soavam as sirenes, o fluxo elétrico era totalmente interrompido. A capital, no entanto, acreditava em si mesma e continuava sonhando à sua maneira. Isto era o que fascinava Gerda. Os madrilenhos gostavam de cinema. Faziam fila para ver Fred Astaire e Ginger Rogers, mesmo que logo depois, na volta à casa, tivessem que se atirar no chão do bonde caso as balas atravessassem as janelas. As moças ficavam deslumbradas olhando para o casal no cartaz do filme com uma fileira de arranha-céus americanos iluminados ao fundo. Ele, magro de fraque; ela, sorridente, com aquela transparência nos olhos de criada que conseguiu vencer na vida, um tanto inocente, crédula como todas, vendo-o girar ao seu redor como um anjo com asas. Depois do filme, aquelas mesmas moças sonhadoras iam dar tiros na frente de Guadarrama ou na Cidade Universitária. A maior parte da bilheteria se destinava a manter os hospitais de campanha. O sapateado era uma forma de esquecer o matraqueado das metralhadoras que chegava de fora. Enquanto Capa dirigia bastante perdido pela calle Quevedo, procurando o endereço do hotel Florida, Gerda colocou a câmera pela janela. Na porta do cine Proyecciones duas crianças morenas com os joelhos sujos dançavam no asfalto. Puseram tachinhas nos saltos e nas pontas dos sapatos para imitar Fred Astaire. Um galho de acácia como bengala, a cartola invisível. No meio da fome e do medo brotava aquela graça elegante como o mundo do outro lado do espelho. Clique.

Madri era isto. Céus de ouro antes da batalha. Operários levantando uma cúpula protetora de tijolos em volta da fonte de Cibeles.

Estavam deitados na cama do hotel, completamente nus. Os raios de luz penetrando através da persiana. Os olhos cravados no teto.

— Alguma vez pensou que um dia isto pode acabar? — perguntou Gerda. Falava vagamente, com os braços cruzados sob a cabeça.

— O quê? Isto?

— Sim... Sei lá. — Ficou calada como se estivesse formulando uma ideia difícil de expressar. — Tudo.

Era o tipo de comentário que fundia os miolos de Capa. Não pelo que significava, mas pelo que não compreendia dela. Quando dizia estas coisas, sentia que só seu corpo estava próximo. Virou-se para olhar para ela, tão magra, com a clavícula sobressaindo da pele como uma asinha de frango, as costelas alinhadas como as quadernas de um navio.

— Como as mulheres são complicadas — disse, deslizando a palma da mão aberta pelo estômago dela que ainda cheirava a sêmen.

— Por quê?

— Não sei, Gerda, às vezes você parece uma menina, e eu gosto quando a vejo caminhar pelas ruas com as mãos nos bolsos, balançando um pouco os quadris, sorridente...

— Você só gosta dos meus quadris?

— Não. Também gosto de vê-la com metade do corpo para fora da janela, como nesta tarde quando tirava fotos daquelas crianças que dançavam na rua. E eu gosto deste buraquinho que você tem entre os dentes — falou, abrindo seus lábios com um dedo. — Eu gosto de tudo em você, até do seu jeito obsceno. E adoro quando ri às gargalhadas com a cabeça jogada para trás. Ou quando decide cozinhar e não há quem coma o que prepara.

— Não cozinho tão mal assim — brincou ela batendo com o travesseiro no rosto dele.

— E gosto muitíssimo quando você se coloca muito séria no escritório da Maria Eisner e diz: "Aquele desgraçado do Capa voltou a se mandar para a Côte d'Azur com uma atriz. Maldita seja sua imagem." — Imitava sua voz e seus gestos à perfeição.

Agora os dois riam abertamente. As nuvens negras tinham passado ao largo. Capa se levantou para pegar um cigarro no criado-mudo.

— E outras vezes eu não gosto de nada, nada mesmo — disse colocando-lhe um cigarro aceso nos lábios.

— Que vezes?

— Quando você começa a pensar em coisas estranhas de judia alemã ou polonesa, ou o que seja, tão séria que até dá medo, com aquela ruga que se crava aí, entre as sobrancelhas, e uma cara tão longa que até parece Kierkegaard.

— Tão horrorosa assim? — queixou-se ela.

— Mais que horrorosa, um inseto estranho — respondeu ele, tomando sua cabeça entre as mãos e inclinando-se sobre ela enquanto sentia outra vez o sexo tenso e duro e lhe abria as coxas suavemente com os dedos para afundar de novo nela, com a respiração entrecortada, aprisionando-a com os braços, lambendo-lhe o queixo, o osso saliente da clavícula, as costelas, uma a uma. — Mas eu sei o segredo para torná-la bonita outra vez, como a princesa dos contos — disse, descendo devagar para a profundidade côncava do estômago, o púbis encaracolado e quente, pulsando como o coração de uma ferida entre a sombra do pelo. Separou um pouco mais suas pernas, acariciando os tornozelos, o interior suave das coxas, deixando-lhe na pele um rastro de saliva, e foi subindo pouco a pouco. Afastou cuidadosamente os pelos, com determinação, e então afundou a boca ali, devagar e profundamente, como se a beijasse na boca, retrocedendo apenas para recuperar o fôlego ou tirar um pelo dos lábios, delicado e áspero, com o rosto molhado, enquanto ela empurrava brandamente sua cabeça para baixo, mais além do oferecimento ou do pudor, e tudo começou novamente. A respiração entrecortada, o último sol nas frestas das persianas, a sensação de estar a ponto de cair de um momento para o outro, e enquanto se aferrava às costas dele e se abandonava àquela inconsciência última do prazer, pensou que efetivamente aquilo não podia durar.

Mas não sentiu pesar nem medo. Só uma estranha melancolia, como se a partir daquele exato momento já não tivesse nenhuma importância morrer.

Um quarto às escuras. Um mapa topográfico. Uma bolsa de viagem aberta. Duas câmeras em cima do criado-mudo e de vez em quando o resplendor de uma explosão na serra de Guadarrama.

Capa agora fumava um cigarro, olhando pela janela, transgredindo os regulamentos. Madri às cegas, sem eletricidade.

Dois meses depois se lembraria deste cigarro, quando a guerra já não era como agora, um brilho alaranjado ao anoitecer, mas chuva de ferro que aumentava por toda parte. Balas, lascas e projéteis ricocheteando nas paredes *Sssiaaang, Sssiaaang...* Os madrilenhos, com seu humor amargo e simples, chamavam a Gran Vía de avenida do Quinze e Meio, por causa do calibre habitual dos projéteis. A esta altura, a cidade inteira era uma grande trincheira cheia de rachaduras onde até o fumo estava racionado e só se comia mingau de farinha e batata-doce. Clac-clac-clac-clac... O sapateado ligeiro e ágil de Fred Astaire se transformou em uma matraca ensurdecedora misturada com o uivo das sirenes, enquanto as pessoas desciam apressadamente as escadas dos refúgios subterrâneos e os obuses explodiam até no edifício da Telefônica. Mas agora ainda não. Agora estavam nus na janela, agarrados um ao outro, contemplando a noite. Gerda viu como Capa franzia o cenho enquanto dava a última tragada no cigarro. A sombra da barba lhe dava uma expressão fechada de obstinação. Ela o conhecia o suficiente para adivinhar seus pensamentos. Estava preocupado porque ainda não havia conseguido uma única foto que valesse a pena.

— Temos que nos aproximar mais — disse.

— Combinado.

— Só restam duas opções. — Tinha desdobrado o mapa diante dela, iluminando-o com uma lanterna. — Toledo ou Córdoba.

Em Toledo, o general insubordinado Moscardó havia se trancado no castelo-fortaleza que dominava a cidade, com mil soldados afins e suas famílias, mulheres e crianças. Além disso, tinham tomado mais de cem reféns entre os moradores de esquerda. As forças republicanas levavam várias semanas sitiando o Álcazar, sem conseguir nada. Era um forte inexpugnável. Diziam que um grupo de dinamitadores asturianos das minas de carvão estava escavando dois túneis para depositar as cargas explosivas embaixo de um dos muros, e abrir assim uma brecha de entrada.

Em Córdoba o governo republicano havia lançado uma grande ofensiva para recuperar a cidade das mãos do general Varela. Todos os dias as autoridades informavam sobre novos avanços. A necessidade de uma vitória fazia circular rumores falsos de que as tropas leais tinham conseguido entrar na cidade. Gerda e Capa, depois de avaliar a situação com atenção, chegaram à conclusão de que os dinamitadores ainda deviam ter muito pela frente nos túneis.

Escolheram Córdoba.

Capa não sabia, mas ali o esperava a foto de sua vida. Uma imagem que o faria famoso, que daria a volta ao mundo nas capas das principais revistas, que se transformaria em um autêntico ícone do século XX. Uma fotografia que o fez sentir um ódio profundo, radical e instantâneo por seu ofício e provavelmente também por si mesmo, por tudo o que a partir daquele momento tinha deixado de ser: um garoto húngaro criado em um bairro de Pest, que nunca mais voltaria a ter 22 anos.

Restavam ainda três longos anos de guerra na Espanha e sete de prorrogação na conflagração mundial, e alguns mais de suas consequências: Palestina, Coreia, Indochina... e outros tantos de desgosto e desesperança, apoiado na janela de algum hotel do mundo. Recordando.

As guerras estão cheias de pessoas que só conseguem olhar para trás. Porque às vezes a vida se distorce tanto que a gente se ajeita como pode com ela.

Naquela noite, o jornalista Clemente Cimorra, correspondente do diário madrilenho *La Voz*, entrou no bar Chicote da Gran Vía, cujas grandes vidraças estavam protegidas por sacos de terra, com um fone em um ouvido e outro pendendo embaixo do queixo. Sempre carregava com ele um transistor portátil americano último modelo que um jornalista do *Herald Tribune* lhe tinha presenteado.

Fazia isto um pouco por presunção e outro pouco para estar em dia com as novidades do mundo. Era um aparelho preto, pequeno, com o mostrador de cor verde fosforescente.

Em meio à decoração modernista do café, o público habitual era formado por milicianos, escritores, correspondentes estrangeiros que elogiavam pelo mundo todo os coquetéis do Chicote, brigadistas internacionais, com suas jaquetas de couro, fumando cigarros *rubios* e algumas senhoritas de companhia com colares de pérolas falsas e o rosto maquiado à antiga, com pó de arroz. Todos formaram redemoinhos ao redor do veterano jornalista, esperando ansiosos por um veredito.

— Malditos *gabachos*! — disparou.

A notícia do dia era a recusa do governo francês a entregar armas à República. Da Grã-Bretanha ninguém esperava nada, mas os franceses eram vizinhos de porta, um governo irmão da Frente Popular. Ainda estavam na memória de todos as palavras que Dolores Ibárruri, uma mulher basca crescida nas minas de Somorrostro, pronunciara com voz profunda de filha e esposa de mineradores durante o último comício comunista no velódromo D'Hiver: "Vocês têm que ajudar o povo espanhol. Hoje somos nós, mas amanhã chegará sua vez. Necessitamos de fuzis e canhões para derrotar o fascismo em suas próprias fronteiras."

Não quiseram ouvi-la.

XV

Estradas desertas. Casas abandonadas. Portas e janelas totalmente fechadas. Cabeças de gado soltas vagando sem rumo por ruas sujas. Um povoado fantasma. O tipo de lugar onde o senso comum diz a qualquer um que deve parar o carro e dar meia-volta.

Tinham saído de Madri com a primeira luz da alvorada, bem-providos de carnês de imprensa e das permissões necessárias, em direção ao quartel-general republicano El Montoro, perto de Córdoba, a quase três dias de viagem. Dali continuaram até Cerro Muriano. Era um dia com cheiro de melaço, com um sol morno esquentando as paredes das casas e o sangue dos gerânios enfeitando os balcões. Um destes dias em que a maquinaria da guerra para por alguns minutos antes de retomar outra vez seu impulso implacável. Gerda e Capa pararam também para beber água da fonte e se sentaram no degrau de uma porta, aproveitando a trégua, perguntando-se que diabos havia acontecido ali para que não restasse ninguém. Não havia sinais de violência por nenhum lado, nem colheitas queimadas, nem vidros quebrados, mas na praça do povoado a única coisa que se ouvia eram os chocalhos desnorteados das cabras. Todos tinham fugido. Homens, mulheres e crianças. A pé, nos lombos dos burros, de carro...

Poucas horas antes o general insurgente, Queipo de Llano, havia jurado pelo rádio que seus homens não demorariam a chegar ao povoado para cobrar seu direito da primeira noite.

A gente acha que o pior da guerra são os cadáveres com as tripas para fora, os atoleiros de sangue e tudo o que se pode abranger ao primeiro relance, mas o horror às vezes está em segundo plano, como o olhar perdido de uma mulher que acaba de ser violada e se afasta mancando sozinha entre as ruínas com a cabeça baixa. Isto Gerda e Capa ainda não sabiam. Eram muito jovens. Aquele era seu primeiro conflito. Ainda achavam que a guerra tinha um lado romântico.

Na primeira hora da manhã os repórteres alemães Hans Namuth e Georg Reisner, que também forneciam material para a *Vu* e a *Alliance Photo*, e o jornalista suíço Franz Borkenau tinham fotografado o êxodo aterrorizado dos habitantes de Cerro Muriano sob um céu coberto de aviões franquistas, enquanto Queipo de Llano continuava ameaçando as mulheres pelo rádio. Se algo acabava com Capa era chegar aos lugares após outros o terem feito. Mas em uma guerra nunca está claro o antes nem o depois.

Deixaram o carro no povoado e continuaram andando estrada acima, seguindo as indicações do mapa para o lugar onde lhes haviam dito que estava acampada uma tropa da CNT. Pelo caminho tiraram fotos dos últimos aldeões que ficaram para trás. Rostos silenciosos, mulheres carregando crianças nos braços, anciões com os olhos avermelhados olhando sempre para trás. O olhar da mulher de Ló antes de se transformar em estátua de sal. Pessoas que fogem.

Capa observou Gerda caminhando em silêncio pelo lado oposto da estrada. Ela não olhava para trás. A câmera no peito, o cabelo caído na testa, curto, muito louro, queimado pelo sol, a camisa cinza, as pernas magras em uma calça de lona enfiada para dentro das botas militares, fazendo ranger o cascalho da estrada. Vista de costas, tão ágil e miúda, parecia um menino soldado. Capa a havia visto parar junto ao acostamento, olhando em volta com a cautela de um caçador esperto, fazendo cálculos, preparando mentalmente a foto. À medida que se aproximavam da frente, seu passo ficava mais rápido, como se estivesse se esforçando para chegar a um encontro. Ele também fazia seus próprios cálculos e, segundo estas contas, ela estava com uma semana de atraso desde a última menstruação.

Desde a aterrissagem forçada em Barcelona, mostrava-se mais silenciosa, encerrada em si, como se tivesse acontecido alguma coisa ou compreendesse de repente aquela característica prodigiosa que alguns lugares têm para transformar as pessoas por dentro. Lia constantemente tudo que se relacionasse à história da Espanha, sua geografia, seus costumes... Estava descobrindo o país ao mesmo tempo que se descobria. Capa percebia seu processo de autoeducação, via-a mudar dia a dia, o queixo voluntarioso, as maçãs do rosto afiladas, os olhos mais transparentes, como as uvas com a luz da colheita, sigilosos, protegendo alguma coisa interior. Temia estas diferenças sutis que aconteciam à margem dele, no interior do seu olhar. Pensava que as mulheres tinham uma capacidade de transformação imensamente superior à dos homens, e isto era no fundo o que mais temia, que aquelas mudanças pudessem acabar distanciando-a dele. Já não necessitava dele, nem pedia conselhos como no início. Até as fotos que fazia iam se emancipando, adquirindo seu próprio enfoque. Movia-se sempre em relação às coisas, explorando seus limites, o perfil de uma mandíbula, o corte vertical de um precipício... cada vez mais autônoma, mais dona de seus atos. Foi então que Capa soube, com a certeza seca de uma revelação, que não seria capaz de suportar a vida sem ela.

Chegaram à colina de La Malagueña ao meio-dia. A tropa da CNT tinha planejado lançar nos próximos dias uma ofensiva sobre a cidade de Córdoba, situada a uns 13 quilômetros ao sul. No entanto, a desorganização era quase completa. Não havia poder de comando. Os soldados pareciam recrutas novatos com mais coragem que treinamento militar. Um pequeno grupo de milicianos de Alcoy confraternizava com os jornalistas que foram cobrir o ataque em um ambiente relaxado, jogando cartas e bebendo animadamente.

— O pior da guerra é aguentar o tédio da espera, rapaz — disse um jornalista veterano ao ver a decepção em seu rosto. Era Clemente Cimorra, o correspondente de *La Voz*, que tinham conhecido no Chicote, mas agora não carregava seu transistor pendurado na orelha.

Mas não precisaram esperar muito. Em poucos minutos recomeçaram os combates. Era a primeira batalha que presenciavam a uma distância tão curta. O grupo era composto por alguns jornalistas e cinquenta milicianos cuja missão era defender o regimento de artilharia de Murcia, situado atrás da primeira linha da coluna de infantaria alcoyana. Capa insistiu para que Gerda não ficasse na colina.

— É muito perigoso — falou, dando o assunto por encerrado.

— Não me venha com isto agora — replicou ela, ofendida. — Já conversamos muitas vezes a respeito.

Levantou-se enquanto procurava o isqueiro no bolso da calça. Aproximou dos lábios um cigarro forte, sem filtro. Capa continuava olhando para ela com a mesma dureza, sem dar o braço a torcer.

— Nem pensar.

— Mas quem você acha que é? Meu pai? Meu irmão? Minha babá? Ou o quê? — Agora o olhava de frente, desafiante, os olhos brilhantes com brasas de fogo.

— Não quero que nada aconteça com você — completou ele em tom conciliador e depois, com aquele seu sorriso meio de lado, entre irônico e terno, acrescentou: — Não que me importe muito, mas ficaria fodido sem *manager*.

— Pois terá que se acostumar.

Soou como a ameaça que era. Capa desviou o olhar. Ela era rápida nas respostas e não estava disposta a deixar ninguém levar vantagem. Ele a observou por um minuto e meio sem abrir a boca. Decidida, firme, desafiante, capaz como ninguém de tirá-lo do controle.

— Combinado — disse. — Vire-se. — Amava aquela judia magra, obstinada, egoísta e insuportável. Amava-a até o tutano dos ossos.

Puseram-se a andar atrás da coluna encosta acima, sobre os restolhos de cor ocre salpicados de pedras e de árvores amputadas pelo recente encarniçamento de projéteis ligeiros. Ao longe se perfilava a crista azulada da serra. Capa caminhava à frente, detendo-se às vezes para comprovar se ela podia se virar com os desníveis do terreno. Deu-lhe a mão para ajudá-la a subir uma rocha, mas ela recusou a ajuda.

— Consigo sozinha — informou com um impulso típico de seu temperamento.

Observava-a pelo canto do olho, subindo a parte mais íngreme da colina, sem abrir a boca. Nem uma queixa, nem um comentário, silenciosa, lançando olhares ao redor entre cada foto.

— Faça exatamente o que eu fizer. Não se afaste de mim. Observe bem o terreno. Busque sempre algum talude onde se proteger. Deve avançar aos saltos, por etapas. — Capa dava instruções sem olhar para ela, como se falasse sozinho, em um tom áspero e azedo, mal-humorado. — E nunca levante a câmera para o sol quando houver aviões voando perto, droga!

"Cerro Muriano, 5 de setembro de 1936. Dois garotos muito jovens... praticamente duas crianças", escreveu Clemente Cimorra em sua crônica do dia, transformando-os sem que eles soubessem em protagonistas da jornada, "sem nada nas mãos além de suas câmeras fotográficas, uma Leica e uma Rolleiflex. Espiam os movimentos de um avião que bate as asas em vertical sobre suas cabeças. Ele e ela, os dois jovens que agora me acompanham, conseguem tirar as fotos da própria chama do acontecimento. Arrastam-se pelos lugares mais castigados pelas balas... A tal intrepidez jornalística não é um mito, creiam. É a bravura da juventude generosa que busca o documento. São dos nossos. Gente de *gauche*...".

O ataque foi interrompido à tarde, entre uma e três horas. Aproveitaram para repor forças no acampamento de apoio. Sentaram-se juntos. Capa não tirava o olho de cima de Gerda. O seio torneado sob a camisa cinza fez com que de repente sentisse uma forte pressão na virilha. Isto acontecia cada vez com mais frequência. Como se o risco avivasse seus reflexos físicos ao máximo, tanto para ficar a salvo atrás de um talude quanto para desejar abraçá-la bem forte, porque quando menos esperasse podia estar morto, como o repórter francês do *L'Humanité*, Mario Arriette, que tinha sido abatido na frente de Aragão poucos dias depois que eles deixaram Leciñena. Ou talvez fosse ela quem morresse, e então ele não poderia aguentar e morreria também de desespero e de angústia e de culpa, e não se perdoaria por não lhe haver dado uma bofetada bem-dada quando ainda estava a tempo. Era o que estava querendo fazer durante o dia inteiro. Plás-plás, uma bofetada limpa e seca, nada mais. Para que recuperasse a razão. Porque uma coisa era cobrir a retaguarda da guerra, e a isto ele nunca tinha colocado nenhuma objeção. Outra, muito diferente, era sobressair na linha de fogo, atirar-se a campo aberto, arrastar-se de bruços pelo chão para passar debaixo dos tiros, empanados de terra até as orelhas, tratando de avançar com muita dificuldade até o próximo muro de pedra para tentar ver o que havia do outro lado. Mas ali estava ela com cara de poucos amigos, a testa toda arranhada e a calça suja de terra, mais distante que nunca, cheia de razão, com a ruga de Kierkegaard entre as sobrancelhas, e a única coisa que lhe passava pela cabeça era querer beijá-la até fazer desaparecer aquela linha de dureza em seu rosto. Não conseguia evitar. Diante dela era incapaz de manter o rancor por mais de um breve instante. Desejava apertá-la bem forte em seus braços até que se esquecesse de todas as palavras impertinentes que disseram e de todas as que podiam chegar a dizer, porque a única coisa que contava finalmente era aquela necessidade física de contato na véspera da batalha. Calor. Pressão. Ternura. Paz. Mas ela só parecia atenta à sua comida. Bolachas de cânhamo e queijo fresco. Limpou a navalha com um pedaço de pão e voltou a guardá-la no bolso, sem pronunciar uma palavra. Chumbo no horizonte.

À tarde cada um foi por um lado. Capa decidiu ficar com os milicianos de Alcoy em uma trincheira próxima à colina, pensando que ali talvez tivesse maiores chances de tirar a foto de ação que procurava. Ela preferiu avançar alguns quilômetros com o restante dos jornalistas, caso se produzisse o anunciado avanço da artilharia republicana contra as tropas do general Varela, aquartelado em Córdoba. Entre os jornalistas estrangeiros havia um rapaz canadense de 19 anos, Ted Allan, com quem tinha feito boa amizade, um garoto tímido de pernas longas e olhos claros, um pouco parecido com Gary Cooper em *Lanceiros da Índia*.

Foi ele quem ouviu a primeira rajada longínqua na colina de La Malagueña. Ra-ta-ta-ta-ta-ta... Seguida de um silêncio oco. Depois outra rajada mais curta ta-ta-ta-ta... e outro silêncio. Estavam no vale, e o som chegava amplificado pelas colinas ao redor.

— É um fuzil metralhadora Breda, italiano — disse. — E parece fogo cruzado.

Era jovem, mas tinha feito o serviço militar como sapador e sabia do que estava falando. Podia detectar a saída dos tiros a vários quilômetros de distância pela duração do eco. Olhou instintivamente o relógio. Cinco da tarde. Todos temeram que as tropas inimigas se infiltrassem pela retaguarda das linhas republicanas e atirassem neles por trás e pela frente, agarrando-os com uma pinça. A tropa de Alcoy estava equipada apenas com fuzis Mauser e metralhadoras leves.

Gerda sentiu uma pontada no estômago. Tudo se congelou em seu interior, como se o sangue e o coração ficassem em suspenso. Sentiu isto antes de raciocinar, antes inclusive de invocar mentalmente seu Deus: *Javé, Siod, Eloim, Brausen...* Uma mola reflexa, sem intervenção da vontade, como proteger-se com os braços diante de um golpe. Ficou parada, olhando para um lado e para o outro sem saber o que fazer. Pálida. Ofuscada. Estava com a boca seca e as mãos geladas. Seu primeiro impulso foi correr em direção à colina. Mas o rapaz a segurou com força pelos ombros.

— Calma — falou. — Não podemos atravessar o campo de volta. Para retornar, temos que esperar que escureça e dar a volta pelo povoado.

Gerda se afastou alguns passos para um rochedo. Sentia-se mal. Notava um nó muito apertado na boca do estômago, apoiou os braços na pedra e vomitou tudo o que havia comido.

Pouco a pouco as rajadas foram se espaçando. A espera. O silêncio dos campos depois do combate. O céu escuro. A silhueta sombria da serra. Viu a primeira estrela deitada na grama, com as costas grudadas no chão como quando era menina, e se acalmou. Ao seu redor tudo estava tão parado quanto uma pintura falsa. O rapaz continuava ao seu lado, calado. Um anjo da guarda silencioso.

Chegaram ao acampamento à noite e, a 200 metros, Gerda já reconheceu a voz de Capa, embora o tom soasse seco como um vulcão apagado e não conseguisse entender bem o que dizia. Parecia que estava discutindo com alguém.

— Não queria uma foto? Pois já tem sua maldita foto — alfinetou com mais raiva que desprezo o capitão da brigada no momento em que Gerda, Ted e outros chegavam à esplanada. Era um sujeito robusto, de braços fortes, com a pele enegrecida pela intempérie. Olhava para ele com deliberada firmeza, como se quisesse gravar seus traços na memória ou estivesse fazendo um esforço para se conter e não partir sua cara com um soco.

Capa o observava evasivo, alisando a nuca com um gesto que evidenciava seu desconcerto, como o boxeador que ignora o gongo, nocauteado, praticamente sem recursos físicos para confrontar a situação com integridade. Sem dúvida havia bebido. Mal podia se manter em pé e estava com um olhar estranho que Gerda nunca tinha visto antes, entre abatido e áspero, como se tivesse cruzado uma fronteira sem retorno possível, a camisa desabotoada, por fora da calça, o cabelo revolto. Gerda não o tinha visto assim nem sequer quando o pai dele morreu.

— Mas o que foi que aconteceu? — quis saber.

— Pergunte a ele — respondeu o capitão.

XVI

Um miliciano desce correndo a encosta de uma colina coberta de restolhos. A camisa branca arregaçada por cima dos cotovelos, o boné de soldado jogado para trás, um fuzil na mão e três cartucheiras de couro alcoyano na bandoleira. O sol das cinco da tarde projeta sua sombra alongada para trás. Um pé ligeiramente levantado do chão. O peito para o ar. Os braços em cruz. Cristo crucificado. Clique.

Mais tarde, na penumbra vermelha de um quarto escuro em um laboratório de Paris, foi emergindo do fundo da tina o rosto daquele homem. As sobrancelhas muito cheias, as orelhas grandes, a testa alta, o queixo jogado para a frente. O miliciano desconhecido.

A fotografia foi publicada na revista *Vu*, no número especial de setembro sobre a guerra civil espanhola, e no ano seguinte em *Regards*, *Paris-Soir* e em um especial da revista *Life*, com uma legenda que explicava como a câmera de Robert Capa captara um soldado espanhol no exato momento em que um projétil atravessava sua cabeça e caía abatido na frente de Córdoba. A imagem causou sensação em todo o mundo por sua visceral perfeição. Centenas de leitores enviaram cartas emocionadas aos jornais. Nos lares europeus e norte-americanos de classe média nunca se vira uma imagem assim.

Morte de um miliciano continha todo o dramatismo do quadro dos fuzilamentos de Goya, toda a raiva que depois mostraria *Guernica*, todo o mistério que ata a alma dos homens por dentro e os obriga a lutar sabendo pelo que lutam. O perigo, a melancolia, a solidão infinita, os sonhos rompidos, o próprio instante da morte em um abandonado páramo espanhol. Sua força, como todos os símbolos, não radicava só na imagem, mas no que esta tinha de representativo.

E quem podia ser imparcial diante da barbárie? De que maneira passar entre os mortos com os olhos fechados e as botas limpas? Como não tomar partido? Há fotos que não são feitas para lembrar, mas para compreender. Imagens que se transformam em símbolos de uma época, embora ninguém saiba disto quando as faz. Um sujeito está fotografando uma trincheira, ouve uma rajada de metralhadora, levanta a câmera sem nem sequer olhar. O resto é mistério. "A fotografia premiada nasce na imaginação dos editores e adquire relevo no olhar do público que a vê", reconheceu Capa diante dos microfones da rádio WNBC de Nova York, quase dez anos depois, quando ela já estava na margem negra do éter e o ouvia a milhões de anos-luz, espiando em um balcão de sua estrela.

"Uma vez eu também fiz uma foto que foi muito mais valorada que as outras. E, quando a fiz, certamente, não sabia que era especial. Foi na Espanha. Bem no início de minha carreira como fotógrafo. Bem no início da guerra civil..."

As pessoas sempre quiseram acreditar em certas coisas sobre a natureza da guerra. Ocorre assim desde Troia. O heroísmo e a tragédia, a crueldade e o medo, a coragem e a derrota. Todos os fotógrafos odeiam estas imagens que os perseguem como fantasmas durante toda sua vida pelo mistério e pela adversidade cênica que encerram. Eddie Adams viveu sempre atormentado pela foto instantânea que tirou em 1968 de um general da polícia de Saigon no exato momento em que atirava à queima-roupa na têmpora de um prisioneiro vietcongue com as mãos amarradas às costas. A vítima contrai involuntariamente a expressão pelo impacto, justo um segundo antes do corpo começar a cair. O fotógrafo Nick Ut, da Associated Press, nunca conseguiu esquecer a imagem de uma menina vietnamita de 9 anos queimada com napalm, correndo nua por uma estrada perto da aldeia de Trang Bang. Em 1994, Kevin Carter capturou na África a foto de uma criança sudanesa desfalecida de fome e espreitada por dois abutres em um descampado, a menos de 1 quilômetro do posto de partilha de comida da ONU. Ganhou o Pulitzer com esta foto e, no mês seguinte, se suicidou. Robert Capa nunca conseguiu superar *Morte de um miliciano*, a melhor fotografia de guerra de todos os tempos. A foto que lhe esquartejou a alma.

Gerda estava encolhida meio de lado com a bochecha esquerda sobre a manta de lona, o braço esquerdo flexionado debaixo da cabeça servindo como travesseiro, o rosto voltado para Capa. Os olhos abertos, cravados nele.

— Adivinha que horas são...

Era uma maneira como outra qualquer de romper o gelo.

— Não sei... ainda é ontem? — Viu-o passar uma das mãos pela cabeça, confuso, como se os eflúvios do álcool não tivessem evaporado de sua mente, ou como se falasse em sonhos.

Tocou-o no ombro. Mantinha os olhos abertos para contemplar as faíscas de eletricidade de seu cabelo rebelde na escuridão da barraca.

— André... — disse baixinho.

O nome o pegou de surpresa. Fazia muito que ela não o chamava desta forma. O tom tão terno remexeu algo dentro dele. Inesperadamente ficou frágil, como quando criança se sentava nas escadas de casa e acariciava o lombo de um gato até que os gritos fossem se aplacando pouco a pouco e voltava na ponta dos pés para o quarto, com o coração apertado.

— Sim...?

— O que foi que aconteceu?

— Não quero falar disso.

— É melhor que o faça agora, André. Não é bom ficar com isto guardado. Você pediu aos homens que encenassem um ataque?

— Não. Estávamos nos fazendo de bobos, só isto. Talvez tenha me queixado de que tudo estivesse muito calmo e não houvesse nada interessante para fotografar. Então alguns rapazes começaram a descer correndo a encosta, e eu também fui correr com eles. Subimos e descemos a colina várias vezes. Estávamos todos de bom humor. Ríamos. Atiraram para o ar. Tirei várias fotografias. — Capa ficou parado, o gesto da boca tinha se crispado — ... A maldita foto.

— E o que aconteceu depois?

Calou-se durante muitos segundos para que a pausa fosse natural.

— Aconteceu que de repente tudo era real. Havia uma metralhadora franquista na encosta em frente. Talvez tenhamos chamado atenção com nossas vozes. Eu não ouvi os tiros... A princípio não os ouvi... — Olhava para Gerta com os olhos muito fixos, com lealdade e franqueza, mas ao mesmo tempo na defensiva.

Ela não conhecia este olhar. Deu-lhe um pouco de medo, ou melhor, de apreensão. Não sabia como interpretá-lo. Desviou os olhos.

— Já é suficiente. Não prossiga se não quiser. — De repente lembrou-se de uma coisa que ela também preferia esquecer. — Não é necessário que me conte isto. Não me conte.

— Você perguntou. Agora tem que me ouvir. — Na voz de Capa não havia recriminação nem raiva, tampouco piedade.

— Onde você estava?

— Um pouco mais à frente, em uma das encostas, na colina que chamam de La Coxa. A segunda rajada foi mais curta. Um dos rapazes saiu para cobrir a retirada de outros, e a metralhadora abriu fogo. Eu levantei a câmera por cima da cabeça e também disparei. — Ficou calado por alguns segundos, como se estivesse se esforçando para esmiuçar um pensamento difícil de esclarecer. — Fotografar as pessoas é se obrigar de alguma forma a confrontar coisas com as quais não se contava. Você sai do caminho, de seus planos, de sua trajetória normal. Às vezes também é obrigado a morrer.

— Não foi culpa de ninguém, André. Aconteceu e pronto — disse Gerda, e depois de dizer isto, ficou paralisada pela coincidência. Eram exatamente as mesmas frases que Georg usara em Leipzig quando aconteceu o episódio do lago. As mesmas palavras ditas em voz baixa. O livro de John Reed sobre a toalha de linho, o vaso com tulipas e o revólver. Nunca havia falado sobre isto com mais ninguém.

— Fiz aquilo mecanicamente, sem pensar — continuou ele. — Quando o vi no chão, não pensei que estivesse morto. Achei que estava fingindo. Era uma brincadeira. De repente, fez-se silêncio. Todos olhavam para mim. Dois milicianos o arrastaram como puderam até a trincheira, um deles também foi atingido quando voltou para recolher o fuzil. Foi então que compreendi o que tinha acontecido. Os fascistas o metralharam. Mas eu o matei.

— Não foi você, André — consolou-o, embora no fundo soubesse tão bem quanto ele que, se não estivesse ali com sua câmera, aquilo não teria acontecido.

— Não sei quem era realmente. O estalo contínuo da metralhadora está cravado aqui — disse, apontando para a testa. — Sequer sei seu verdadeiro nome, veio como voluntário de Alcoy com um irmão mais novo da idade de Cornell. Apertei mecanicamente o disparador da câmera e ele caiu de costas, como se eu tivesse disparado uma arma e atingido sua cabeça. Causa e consequência.

— É a guerra, André.

Capa virou para a parede. Gerda não podia ver seu rosto. Só as costas e os braços nus. Como se com esta posição quisesse colocar uma barreira entre os dois. Agora ele se encontrava do outro lado de uma ponte quebrada onde ela não podia alcançá-lo. Não estava imóvel nem dormindo. Suas costas se agitavam em silêncio. A agitação da noite no corpo. Ao chorar se consome mais energia do que com qualquer outro ato. Ela também tinha coisas nas quais era melhor não pensar. Ainda não havia amanhecido. O corpo dele se recortava sobre a lona escura da manta. A princípio Gerda hesitou diante da ideia de colocar a mão no seu ombro, mas no fim não o fez. Há momentos em que um homem precisa se acudir sozinho.

Ficou no lado oposto da barraca, cobrindo-lhe as costas no que restava da noite, mas sem roçá-lo. Apaziguando-o quando ele despertava sobressaltado por um pesadelo, até que foi se acalmando pouco a pouco, enquanto ela continuava ao seu lado, com os olhos abertos até a alvorada, pensando também em si mesma, na solidão que às vezes se mete nos ossos como uma doença incurável, nas coisas que rompem a vida e não têm remédio. Não voltaram a falar sobre aquela foto. Nem voltou a chamá-lo de André.

XVII

Na manhã seguinte empreenderam a volta para Madri. Gerda abriu a janela. Ouvia os estalos dos pneus na terra seca durante todo o caminho. Gostava da sensação do vento no rosto, por um momento a fazia se esquecer da necessidade de tomar um banho.

Chegaram a Toledo ao amanhecer, com as costas doloridas pelo trepidar constante devido aos buracos. Era 18 de setembro. Uma luz esbranquiçada cobria os olivedos e ao longe se via recortada a silhueta do Alcázar, como uma grande rocha de alvenaria cega. Pararam para tomar o café da manhã, café e torradas com azeite, em uma venda de estrada situada a menos de 1 quilômetro da cidade. Aproveitaram para esticar as pernas e fumar um cigarro. As palavras não saíam facilmente para Capa. Apertava a mandíbula áspera pela barba de vários dias, enrugava o rosto, franzia o cenho para pensar e só então soltava alguma coisa, como se forçasse a si mesmo a se desprender dos pensamentos. Ela também não estava com bom aspecto. Tinha-lhe vindo a menstruação, e sentia o estômago apertado com um ponto ardente na altura da virilha. A camisa endurecida pela poeira de vários dias, o cabelo desgrenhado, a pele ressecada, preparando a câmera, desmontando as lentes para limpá-las uma a uma, a expressão concentrada, as olheiras violáceas mais acentuadas pela claridade do amanhecer.

À tarde chegou um nutrido grupo de fotógrafos, jornalistas, operadores de noticiários e funcionários do governo. Todos esperaram a explosão do muro ocidental do Alcázar em um olivedo próximo. Às seis e meia se ouviu um estrondo tremendo. Cinco toneladas de dinamite. A fumaça preta cobriu o sol como em um eclipse. Em poucos minutos a fortaleza começou a entrar em erupção como um vulcão, mas seus defensores se agruparam no lado oposto e resistiram ao embate. As mulheres e as crianças estavam apinhadas sob uma parede de rocha natural, entre eles um bebê recém-nascido, Restituto Valero, filho de um tenente do lado nacional. O menino do Alcázar. Muitos anos depois, anos de lutas, presos e mortos, este menino, transformado em jovem capitão de estado-maior da brigada de paraquedistas, arriscaria a pele e a carreira junto a outros nove companheiros de armas para defender a democracia frente à ditadura daquele general Franco que um dia o tirou de fraldas do Alcázar. Os paradoxos têm muitas arestas, e por alguma delas às vezes aparece a vida com suas nervuras de carne viva. Mas nesta época não, nesta época o choro do menino se ouvia em meio às explosões, fazendo estremecer o coração dos milicianos dispostos a tomar de qualquer jeito a fortaleza. Cada vez que os milicianos apareciam entre os escombros do muro eram rapidamente rechaçados pelos insurgentes. Gerda e Capa os viam subir a colina íngreme e cair quase imediatamente alcançados pelas balas. Os feridos eram carregados de ombro em ombro até o olivedo, jorrando sangue. Deixavam-nos ali, de barriga para cima. Gerda se ajoelhou na calçada, enfocou. O morto era um rapaz louro, bonito, com uma pinta na testa. Pensou que em algum lugar, sem dúvida, haveria alguém o esperando, uma mulher, alguns filhos talvez, os espanhóis se casavam cedo, algumas crianças louras e bonitas como ele que o chamariam de papai, sem saber que já não era mais que um pedaço de carne inerte sob as oliveiras prateadas, a meio caminho de lugar nenhum, na estrada velha entre Toledo e Madri. Desamarrou com cuidado o lenço que tinha no pescoço e espantou as moscas que rondavam seu rosto.

Não gostava de focar coisas paradas, dava-lhe apreensão. Mas era melhor olhar para os mortos através da lente do que fazê-lo diretamente. Era mais suportável. Enquanto estava agachada, sentia nos tornozelos a comichão da grama. "Não há nada mais solitário que um morto", pensou enquanto calculava a profundidade de campo para a foto. E era verdade. Lembrou-se do livro de Jó: ... *jazem na estrada, enquanto outros germinam no solo*. Hesitou diante da ideia de tocá-lo, de fechar-lhe os olhos. Mas não o fez.

Dias mais tarde, o exército de Franco entrou em Toledo e resgatou o Alcázar, deixando para os fascistas o caminho livre até Madri. O moral dos combatentes republicanos caiu por terra.

Neste momento, Gerda e Capa se uniram à 12ª Brigada Internacional, integrada por comunistas alemães e poloneses da centúria Thälmann, os quais já tinham conhecido em Leciñena, na frente de Aragão. O batalhão estava sob o comando do escritor Mate Zalka, um húngaro muito arrumado com jaqueta de couro, grande estrategista, um sujeito tenaz com um senso de humor rude e radical, mais conhecido como general Lukacz. A brigada tinha que chegar ao rio Manzanares para se unir a outros regimentos que também estavam indo para Madri, frente ao primeiro grande ataque importante de Franco à capital.

O que nenhum dos dois esperava era encontrar Chim ali. Os três tinham saído de Paris ao mesmo tempo, mas o polonês ia por sua conta. Gostava de caçar sozinho. Estava sentado em uma pedra, examinando o equipamento com a expressão concentrada de talmudista erudito, quando os viu aparecer ao longe pelo final da estrada. Subiu a ponte dos óculos com o indicador como se precisasse ajustar bem o olhar. Tampouco ele esperava encontrá-los ali.

Há abraços que não precisam de palavras. Uma palmada profunda nas costas em que cabem todas as coisas que não precisam ser ditas. Um contato estreito, forte, de homens rudes. O abraço entre Capa e Chim foi destes. Gerda, no entanto, se pendurou no pescoço do amigo, beijando-o na testa, nos olhos, sem parar de repetir seu nome. Ele se mostrava um pouco envergonhado e brincava, como se o incomodasse um pouco tanta efusão.

— Pare, pare, pare, chega... — dizia afastando-se com aquele acanhamento de judeu ermitão, mas no fundo se sentia feliz.

Foi um destes momentos de extrema plenitude que às vezes acontecem em meio a uma guerra. Dois homens e uma mulher caminhando por uma vereda com árvores, as câmeras ao ombro, a luz do entardecer, um cigarro... Naquele instante cada um já tinha o relógio acertado para a sua hora, que era a de morrer, e talvez os três de algum modo soubessem disto.

Há imagens que ficam suspensas na memória, esperando que o tempo as coloque em seu lugar, e, embora ninguém saiba de antemão, sempre fica uma ponta de pressentimento, um presságio, uma coisa que não se sabe muito bem o que é, mas que está ali. Aquela seria a última imagem de que David Seymour, Chim para os amigos, muito tempo depois, se lembraria diante de um pelotão de fuzilamento formado por vários soldados egípcios. Foi em 10 de novembro de 1956, em um cruzamento fronteiriço ao que tinha chegado em companhia de outro fotógrafo francês para fazer uma reportagem sobre uma troca de presos no canal de Suez, quando já haviam começado a negociar os acordos de paz. Morrer sempre é um fato trágico, mais incompreensível ainda se acontece na prorrogação, quando a guerra já terminou. De repente tudo caiu ao seu redor com uma descarga de fuzilaria e se viu no chão, vomitando sangue. Mas, antes de fechar os olhos por completo, voltou durante um décimo de segundo àquele ponto branco da lembrança: Capa, Gerda e ele, os três muito jovens retornando juntos por um atalho de terra. Sorrindo.

Ninguém escolhe suas lembranças, e Chim tampouco podia saber que aquele encontro ia ser a última coisa de que se esqueceria.

A 12ª Brigada ia abrindo passagem com dificuldade entre o matagal através de uma terra de ninguém. As explosões sacudiam as árvores.

A única coisa boa do combate à curta distância era que qualquer angústia metafísica desaparecia diante do fogo das armas ligeiras. Kierkegaard, Nietzsche e Schopenhauer iam literalmente abaixo. A filosofia se situava ao nível dos genitais, e então todo o problema residia em salvar a pele, chegar a um muro, alcançar o mais rápido possível um penhasco, uma igreja, uma casa em ruínas... e, se as metralhadoras voltavam a soar, atirar-se no chão até incrustar-se nele para conseguir passar debaixo das balas, aproveitar os desníveis do terreno, um buraco, um vão no chão, um túnel de mina, um atoleiro, um lodaçal onde afundar na lama até as orelhas como búfalos, tentando avançar. Era uma sensação contraditória, mas estranhamente viciante pela brutal descarga de adrenalina, como tirar os músculos do corpo e distendê-los bem esticados em uma corda. Transformar a convicção em ação. Reavivar os instintos adormecidos. Afinar a pontaria. Uma vertigem parecida com a que devem sentir os atletas antes da corrida. Reflexos. Força. Concentração. Todos os correspondentes de guerra terão sentido isto alguma vez, como os guerreiros de Troia, embora a guerra cantada por Homero tenha sido feita por homens que jamais sonharam ser protagonistas da *Ilíada*. Não é que estivessem pegando gosto por aquilo, é que nunca haviam se sentido mais vivos. A síndrome de Aquiles. Gerda, Capa e Chim começavam a experimentá-la sem saber muito bem o que acontecia com eles. Era seu primeiro conflito.

A estrada cheia de escombros, um burro destripado na margem, Chim se adiantou alguns passos e preparou mentalmente a fotografia. Lukacz falando e gesticulando muito com as mãos, Bob ao seu lado com a câmera ao ombro, discutindo, com cara de poucos amigos. Gerda dois passos mais atrás fumando e rindo baixinho. Clique.

Compartilhavam a mesma atitude diante do perigo, uma espécie de provocação. Algo difícil de explicar que talvez tivesse a ver com a coragem e a paixão dos 20 anos, com a maneira de devorar uma garrafa de vinho e um prato de arroz antes de ir para a frente, com a vontade de se amar em qualquer canto, com a raiva e a lealdade, e as ideias. E com a vida. Ou com uma certa maneira de vivê-la.

Estavam convencidos de que na Espanha se jogava o futuro da Europa e se comprometeram por inteiro, tomando partido, abandonando a distância profissional, lutando cada um como podia, com as armas que tinham à mão, cada vez mais implicados. Metade repórteres, metade combatentes. A câmera em uma das mãos e o revólver na outra.

Capa se sentia à vontade com Lukacz, conversando o dia inteiro em húngaro, com exceção dos palavrões, que preferia dizer em espanhol. Ela, no entanto, não falava muito. Gostava de ouvir. Fazia isto sempre com muita atenção, a cabeça um pouco inclinada, o ar cúmplice, sem perder nenhum detalhe, o olhar altivo, marcando a distância obrigada para conviver com homens. Chim representava o senso comum, um critério fundamentado de judeu culto e sério, talvez magro demais para aquele tipo de vida, mas tão pouco adulador, tão precavido, tão confiável quanto um marinheiro velho.

Os três aprenderam muito com o general. Conhecer o calibre dos projéteis, distinguir um tiro de entrada de um de saída, preparar a retirada antes de entrar em uma área de risco, avançar às cegas na neblina, com água pela cintura como fantasmas, olhando as ondas que se diluem conforme avançam, as mãos ao alto, segurando as câmeras ou os fuzis, adestrando ao máximo o ouvido para orientar-se e não ir parar por engano nas linhas inimigas. Mas, quando enfim chegaram à margem do rio, encontraram as trincheiras desertas. Não havia ninguém dos seus esperando-os ali. Estavam sozinhos.

Madri ao longe era uma lebre branca à mercê das matilhas de cães de caça.

XVIII

"A capital crucificada." *Regards* anunciava na capa a reportagem fotográfica de Capa. Gerda jogou um casaco grosso de lã nos ombros e se sentou ao lado de Ruth no sofá do apartamento, só as duas, como nos velhos tempos. Do outro lado da janela, o dia estava cinzento com aquela ponta de névoa que às vezes cobre de tristeza os telhados de Paris. Sua amiga era a rocha-mãe a que todos retornavam cedo ou tarde depois da batalha. Capa, Chim, ela... Ruth Cerf ouvia uns e outros com aquela entrega que só as pessoas muito maternais possuem, os olhos atentos, a testa detalhista, com a insistência protetora que as mulheres tinham antigamente, quando fechavam bem o casaco e enrolavam os cachecóis dos filhos nas manhãs glaciais. A revista estava aberta em cima de uma mesinha mourisca, a imagem de um bombardeio aéreo ao lado de uma bandeja com duas xícaras de chá e um pratinho de bolachas bretãs. Gerda olhou para aqueles rostos de mulheres do bairro operário de Vallecas, captados apenas alguns minutos depois de terem voltado para suas casas e encontrado seus lares queimando e moradores sepultados sob os escombros. Uma rua alta com árvores esqueléticas e dois milicianos compartilhando o mesmo fuzil, esperando o momento oportuno para atirar no inimigo. Uma mãe jovem refugiada com três crianças em uma plataforma da estação do metrô. Campos cinzentos e estábulos queimando do outro lado da estrada. Vários brigadistas caminhando em fila, um passo atrás do outro com a mochila às costas e a cabeça baixa, olhando para os rastros que iam deixando na terra molhada, concentrados, como guerreiros antes do combate. O primeiro plano de uma miliciana quase adolescente, agachada, apontando com um Mauser de uma barricada na Faculdade de Medicina. Gerda passava de um plano a outro e retornava mentalmente a Madri, ao poço de lembranças no qual não tinha parado de submergir desde sua volta. A vida parisiense parecia insuportavelmente rotineira depois da intensidade que havia conhecido na Espanha.

Bebeu um gole curto de chá, e a nostalgia lhe abrasou os lábios. Sentia saudade. Lembrava-se da Gran Vía nos últimos dias de setembro, antes de sua viagem de volta, com a chuva de obuses dia e noite e o céu transpassado pelos refletores entrecruzando-se em ângulos giratórios sobre as fachadas dos edifícios: os telhados da Madri dos austríacos; a Telefônica, onde ficava o escritório de imprensa do governo e de onde muitas vezes tinha tido que enviar crônicas por conferência, agachada enquanto os projéteis passavam por cima de sua cabeça; a calle Alcalá; as altas vidraças do Círculo de Belas Artes. Interseções azuis, motivos geométricos no teto do quarto do hotel para onde agora as lembranças a levavam.

— Temos que descer para o abrigo — dissera ela ao ouvir aumentar o zumbido dos motores, seguido da metralha seca e cerrada do fogo da defesa antiaérea, no dia em que os fascistas lançaram o segundo ataque mortífero sobre a cidade.

Estavam no hotel Florida. Acabavam de voltar da Casa de Campo, no oeste da cidade, onde os republicanos se entrincheiraram e construíram barricadas com colchões, portas e até malas tiradas dos guarda-volumes da Gare du Nord. Tinham boas imagens. Capa verificava o material na contraluz da lâmpada, marcando as melhores imagens de seus negativos com uma cruz, o olho grudado na lupa do conta-fios. Gerda sentiu uma ternura incontrolável enquanto o observava do batente da porta. Parecia ao mesmo tempo um menino entretido com seu brinquedo favorito e um homem feito comprometido por inteiro em uma tarefa extremamente dura, misteriosa e precisa na qual talvez fosse sua vida.

Beijou-o de improviso quando se virou, e ele manteve os braços abertos por alguns segundos, mais surpreso que indeciso, antes de empurrá-la suavemente para a cama enquanto abria o cinto e ela notava a pressão de seu membro endurecido no ventre. Abriu as pernas, aprisionando-o dentro de si, enquanto beijava seu pescoço e seu queixo áspero, sem barbear, com gosto de suor ácido e masculino.

— Deveríamos descer — voltou a dizer balbuciante, sem convicção, enquanto as sirenes uivavam do lado de fora e ele entrava, firme, sério, sem deixar de olhar para ela como se quisesse fixá-la para sempre na câmara escura de sua memória tal como era naquele momento, o cenho um pouco franzido, a boca ávida, entreaberta, balançando um pouco a cabeça para os lados, como sempre que estava prestes a gozar, e então a segurou forte pelos quadris e entrou até o fundo, devagar, cravando bem dentro, para esvaziar-se lenta e longamente, até que também lhe chegou o gemido e deixou cair a cabeça de repente no ombro dela. As luzes dos refletores girando azuis no teto. Ela havia lhe ensinado a se manifestar assim, ruidosamente. Gostava de ouvi-lo expressar seu prazer com este som quase animal, mas ele era resistente a fazê-lo, por intimidade ou por pudor, por acanhamento de homem. Nunca tinha gritado no orgasmo como naquele dia com o voo ensurdecedor dos aviões passando perto e os estampidos em série da defesa antiaérea retumbando do outro lado da rua. Ficaram um tempo estendidos em silêncio em meio à penumbra azulada que girava em círculos no teto, enquanto Gerda lhe acariciava as costas e Madri respirava por suas feridas, e ele a olhava em silêncio, como a observava da outra margem, com aqueles olhos de cigano bonito.

Deixou a xícara na bandeja com o olhar ainda sonhador.

— Vou voltar para a Espanha — disse a Ruth.

Capa estava em Madri desde novembro. Conseguira um novo trabalho graças ao sucesso de suas reportagens, especialmente *Morte de um miliciano*. Todos os editores franceses tinham descoberto fazia tempo que o famoso Robert Capa não era outro senão o húngaro André Friedmann, mas suas imagens tinham melhorado muito e se arriscava tanto para consegui-las que aceitaram seu jogo. Sentiam-se obrigados a pagar suas tarifas. O nome de guerra tinha devorado por completo o rapaz esfarrapado e um tanto ingênuo criado em um bairro operário de Pest. Agora era Capa, Robert, Bobby, Bob... Não precisava mais de nenhum disfarce, o mundo jornalístico o tinha aceitado assim, e ele por sua vez havia assumido o papel, acreditando no personagem com convicção e sendo fiel a ele até as últimas consequências. Acreditava em si mesmo e em seu trabalho mais que nunca. Achava que suas fotografias podiam conseguir a intervenção das potências ocidentais em apoio ao governo republicano, tinha renunciado à pretendida imparcialidade jornalística, metido até as sobrancelhas naquela guerra que acabaria por romper sua vida.

Em suas cartas contava a Gerda como os madrilenhos arriscavam a pele diante dos tanques, atacando-os com cargas de dinamite e garrafas de gasolina acesas com pontas de cigarros porque escasseavam os fósforos. Respondiam ao fogo das modernas metralhadoras alemãs com velhos fuzis Mauser. Davi contra Golias. A queda da cidade parecia inevitável, no entanto Madri resistia aos embates com uma coragem que adquiria tintas míticas nas reportagens de *Regards, Vu, Zürcher Illustrierte, Life*, do semanário britânico *Weekly Illustrated* e dos principais jornais do mundo com tiragens de centenas de milhares de exemplares. A guerra espanhola estava sendo o primeiro conflito retransmitido e fotografado dia a dia. "Uma causa sem imagens não é apenas uma causa esquecida. É também uma causa perdida", escreveria a Gerda em uma carta datada de 18 de novembro, o mesmo dia em que Hitler e Mussolini reconheceram Franco como chefe de Estado.

Estava orgulhosa dele, é claro que estava. Afinal a invenção de Robert Capa tinha sido ideia dela. Mas lhe causava certo desgosto o fato de que muitas das melhores fotos que ela havia feito na Espanha aparecessem publicadas sem sua assinatura, atribuídas a ele. Talvez tivessem se enganado ou talvez chegara a hora de rever sua relação profissional sob outros orçamentos, mais equitativos. O selo "Capa & Taro" não soava mal.

Mas a guerra era território de homens. As mulheres não contavam.

"Não sou nada, não sou ninguém", lembrava que ele tinha dito uma vez na margem do Sena, quando sua primeira reportagem sobre o Sarre apareceu publicada sem sua assinatura. Tinha a impressão de que isto havia acontecido mil anos antes, e agora era ela que se sentia ninguém. Não existia. Às vezes se olhava no espelho do banheiro, observando com atenção e estranheza cada ruga nova, como se temesse que o tempo, a vida ou ela mesma acabassem por destruir o que restava de suas esperanças. Uma mulher no ponto cego.

— Você está bem? — perguntara ele horas depois do alarme antiaéreo no quarto do hotel Florida, em meio à penumbra raiada da alvorada. Ela se levantou violentamente. Acordou suando, com o cabelo molhado, caído na testa, o coração galopando no peito como um cavalo desembestado.

— Foi um pesadelo — conseguiu dizer quando finalmente recuperou o ritmo da respiração.

— Droga, Gerda, você parece que saiu da caverna do sono. — De repente parecia que tinha dez anos a mais, o rosto fino, as olheiras violáceas, o olhar envelhecido. — Trago um copo de água?

— Sim.

Não sabia de que caverna do sono tinha saído, mas certamente era muito escura e profunda. Custava-lhe se recuperar. Capa lhe trouxe o copo, mas nem sequer conseguiu segurá-lo. Suas mãos tremiam, como se de repente tivesse perdido o escudo protetor do amor. Ele o aproximou solícito de sua boca para que pudesse beber água da torneira, mas parte do conteúdo escorreu pelo queixo, molhando a camiseta e a dobra do lençol. Se tudo o que tinha aprendido não ficava inscrito em nenhuma parte, de que teria valido sua vida? Voltou a se deitar, mas não conseguiu recuperar o sono, vendo como a luz da alvorada ia se infiltrando pouco a pouco no teto do quarto, pensando que a morte devia ser muito parecida com o negror daquele pesadelo. Uma fronteira próxima à não existência.

As cartas dele do front a imergiam em um estado de ânimo contraditório quando contava em pormenores os combates corpo a corpo na Casa de Campo e na Cidade Universitária. Por um lado temia por sua vida, por outro invejava profundamente as sensações que ele descrevia e ela conhecia de sobra: estar deitada no buraco de uma trincheira xingando em aramaico os desgraçados dos fascistas e a puta que os pariu, o arrepiante silêncio depois dos projéteis, um silêncio que não se parecia com nenhum outro, o cheiro próximo da terra, aquela certeza física de que só importa o presente e depois, a menos de 200 metros da linha de frente, nos bares da Gran Vía, aqueles deliciosos cafés com creme, servidos em copo longo, de tubo. Confeitaria para depois da batalha. Já estava envenenada pelo vírus da guerra e não sabia.

Não parava de cantarolar as canções que tinha aprendido na Espanha. *Madri como resiste bem / Madri como resiste bem / Madri como resiste bem... / Minha mãe, os bombardeios / os bombardeios...* Cantava-as no chuveiro, enquanto cozinhava, quando olhava pela janela e Paris ficava pequena, porque a única coisa no mundo que lhe importava começava do outro lado dos Pireneus. Finalmente tinha encontrado uma terra firme que não fugia sob seus pés. Por muito menos do que isto, outros se chamavam de espanhóis.

Ruth a conhecia bem, sabia que Gerda não fora feita para esperar pacientemente como Penélope a volta do seu homem, fazendo e desfazendo a tapeçaria das lembranças. Ouvia-a resignada, como uma mãe ou uma irmã mais velha, arqueando as sobrancelhas, a cabeleira presa em uma onda com uma fivela de um lado da testa, o penhoar cruzado no peito, interrompendo-a apenas o necessário para intercalar algum conselho destinado de antemão a cair no esquecimento. Via-a fumar com aquele sorriso aparentemente desprovido de intenções e sabia que sua decisão já estava tomada. Contratada ou não pela *Alliance Photo*, com créditos ou sem eles, iria para a Espanha.

Sempre tinha sido assim. Tomar o primeiro trem, decidir depressa. Ou aqui ou lá. Ou preto ou branco. Escolher.

— Não, Ruth — respondeu indo de encontro ao comentário que a amiga acabava de expressar em voz alta. — Na verdade nunca pude escolher. Não escolhi o que aconteceu em Leipzig, não escolhi vir a Paris, não escolhi abandonar minha família, meus irmãos, não escolhi me apaixonar. Nem sequer escolhi fotografar. Não escolhi nada. Veio o que veio, e enfrentei como pude. — Levantou-se enquanto brincava com uma conta de âmbar passando-a de uma das mãos a outra. — Outros escreveram o roteiro. Tenho a sensação de ter vivido sempre à sombra de alguém, primeiro Georg, depois Bob... Já é hora de tomar as rédeas de minha vida. Não quero ser propriedade de ninguém. Pode ser que não seja tão boa fotógrafa quanto ele, mas tenho a minha própria maneira de fazer as coisas e quando enfoco, calculo a distância e aperto o disparador sei que é o meu olhar que estou defendendo, e ninguém no mundo, nem ele, nem Chim, nem Fred Stein, nem Henri, nem ninguém, poderá nunca fotografar o que eu vejo, da forma como nasce em mim.

— Você fala como se estivesse um pouco ressentida com ele.

Gerda afundou as mãos nos bolsos da calça e deu de ombros, incomodada. Era verdade que se sentia traída quando seu nome não aparecia nas fotos. O sucesso de Capa a havia relegado a um segundo plano. Mas não era fácil expressar a sensação que se apoderara dela durante as últimas semanas. Quanto mais apaixonada estava, mais aumentava o espaço que a separava dele. Começava a precisar de certa distância, que deixasse o espaço que a seu juízo lhe correspondia. A independência profissional era a porta de seu amor-próprio. Como amar e ao mesmo tempo lutar contra quem se ama?

— Não estou ressentida — disse. — Só um pouco cansada.

Embora renegasse suas crenças, não conseguia evitar ser judia. Em sua maneira de conceber o mundo havia uma linha tangível que remontava a seus antepassados. Criara-se com as velhas histórias do Antigo Testamento. Abraão, Isaac, Sara, Jacó... Do mesmo modo que amava as tradições familiares, detestaria morrer sem um nome.

XIX

Nunca tinha visto cafés tão cheios. Nem sequer em Paris. Era preciso esperar um bom tempo em pé até encontrar lugar. Os bondes passavam lotados até os batentes. Desde que o governo da República se transladara para Valência, muitos correspondentes tinham sido evacuados para a cidade com a população civil que fugia dos bombardeios de Madri. A estrada até o porto de Contreras estava guardada pelos homens da coluna de Rosal. Olhos negros, andar de camponês, suíças, lenços de cores vivas e revólver na cintura. Anarquistas de verdade. Espanhóis de uma casta muito brava. Ajudavam as mulheres com as crianças, carregavam-nas de duas em duas nas costas, mas não tinham piedade para com os homens que haviam abandonado as barricadas. Olhavam para eles cheios de cólera, com o desprezo que o touro dirige à ovelha mansa. Fulgor puro. Não os perdoavam por fugir deixando a capital abandonada à sua sorte. Obrigavam muitos a voltar atrás. Mas, já de noite, do alto, mostravam às crianças, que vinham famintas e doentes com seus casaquinhos no ombro, as luzes da cidade.

— Alegre esta cara, garoto — diziam. — Lá você vai se fartar de comer arroz.

Valência, coalhada de luzes, brilhante, estendida frente ao mar. Um sonho.

Gerda acabava de chegar. Olhou para um lado e para outro sem encontrar uma única mesa livre. O café Ideal Room, com suas grandes janelas abertas para a calle de la Paz, era o preferido pelos correspondentes de guerra. Estava sempre cheio de jornalistas, diplomatas, escritores, espiões e brigadistas de todos os pontos cardeais, que formavam rodinhas sob os ventiladores de teto, com suas jaquetas de couro, os cigarros *rubios* e as canções do mundo.

Houve um rebuliço nas mesas quando viram entrar uma mulher sozinha. A boina afundada e um revólver na cintura.

— Gerda, mas o que você está fazendo aqui? — Ouviu que lhe dizia em alemão um sujeito alto que acabava de se levantar ao fundo do local.

Era Alfred Kantorowicz, um velho amigo de Paris. Tinham compartilhado muitas horas nas reuniões do Capoulade, um sujeito alto e de aparência agradável, com óculos redondos de intelectual. Foi ele quem conseguiu pôr em marcha a Associação de Escritores Alemães no Exílio, junto com Walter Benjamin e Gustav Regler. Gerda tinha assistido com Chim, Ruth e Capa a muitas daquelas reuniões nas quais se liam poemas e se representavam pequenas peças teatrais. Agora Kantorowicz era delegado político da 13ª Brigada.

Sentou-se ao lado dele na mesa e se apresentou diante dos outros brigadistas como enviada especial da *Ce Soir*.

— Uma publicação nova — explicou com humildade.

A revista ainda não tinha colocado o primeiro número nas bancas, mas todos tinham ouvido falar dela porque estava na órbita do Partido Comunista e era dirigida por Louis Aragon.

O ambiente cosmopolita se notava na fumaça: Gauloises Bleues, Gitanes, Ideales, *caliqueños*, Pall-Mall e até cigarros Camel e Lucky Strike. Aquela tribo formava um mapa como os afluentes de um rio vindo de muito longe. Franceses, alemães, húngaros, ingleses, americanos... Não importavam as fronteiras. Na Espanha tiraram a vestimenta de seus países para trocá-las pelo macacão azul ou pela camisa verde-oliva. Apagar as nações. Este foi o ensinamento da guerra. Para eles a Espanha era o símbolo de todos os países porque representava a própria ideia de um universo escarnecido. Havia operários metalúrgicos, médicos, estudantes, linotipistas, poetas, cientistas, como o biólogo Haldane, fleumático e sentencioso com uma jaqueta de aviador comprada em uma loja de Picadilly Circus. Gerda se sentiu em casa. Escolheu um Gauloises Bleues entre todos os cigarros que lhe ofereciam e deixou que a fumaça entrasse nos pulmões como cada uma das palavras e sensações que percorriam seu corpo.

— E Capa? — perguntou o alemão intrigado depois de um tempo. Estava acostumado a vê-los sempre juntos.

Gerda deu de ombros. Um silêncio longo. Kantorowicz não tirava o olho do triângulo morno do decote.

— Não sou sua babá — respondeu muito digna.

Valência era cortês, generosa e perfumada. O rosto mais amável da guerra naqueles dias. Todos estavam de passagem para algum lugar e abreviavam a espera o melhor que podiam. De manhã cedo cruzavam a plaza de Castelar com seus grandes buracos redondos que davam ar e luz ao mercado subterrâneo das flores para dirigir-se ao hotel Victoria, onde se alojava o governo da República, para ver se havia alguma notícia de última hora. Os correspondentes costumavam comer no hotel Londres, sobretudo às quintas-feiras quando havia *paella*. O *maître*, de fraque, aproximava-se constrangido das mesas do salão e dizia:

— Perdoem o serviço e a cozinha... Desde que começou a ser administrado pelo Comitê, isto já não é o que era.

Os valencianos eram pessoas amáveis, agarradas à vida, um tanto efusivas, sempre com alguma piada picante. Gerda, que já se virava mais ou menos bem com a língua, custava a entender o que diziam, mas em seguida aprendeu a intercalar o *che* em seu vocabulário, e as pessoas a adotavam instintivamente. Há pessoas que se fazem gostar sem ter a intenção. Trata-se de algo inato, como o jeito de rir de quem compartilha uma brincadeira em voz baixa. Gerda era destas. Tinha uma extrema facilidade para os idiomas.

Interpretava cada sotaque com a soltura de um músico que improvisa novas melodias. Dizia palavrões com uma graça elegante que seduzia qualquer um. Ouvia com a cabeça um pouco inclinada, o ar cúmplice, como um menino travesso. Não era uma mulher especialmente bonita para o cânone feminino, mas a guerra tinha lhe dado uma beleza diferente, de sobrevivente. Muito magra e angulosa, com sobrancelhas altas e irônicas, vestida sempre com um macacão azul ou camisa militar, com um encanto que tentava todo mundo. A ausência de Capa abriu espaço para seus pretendentes, e ela começou a descobrir o prazer de ser cortejada. Os garçons lhe reservavam a melhor mesa. Os homens estabeleciam em sua presença uma rivalidade surda, competiam para convidá-la para um drinque, para lhe oferecer uma primazia, para fazê-la rir ou levá-la para dançar em alguns dos salões da calle Trinquete de Caballeros.

O baile é a antessala do prostíbulo: que seja fechado, rezava na porta um cartaz rubro-negro, marcado pelas siglas da FAI.

— O dono disto não deve ser anarquista — comentou Gerda quando alguém lhe traduziu a ordem.

— Sim, é. Anarquista e dos inflexíveis, um dos fundadores da Federação Anarquista Ibérica.

— Então como o local continua aberto?

— Bem... como a proibição emana do governo, é sua maneira de demonstrar que ninguém lhe dá ordens. Você sabe: nem Deus, nem patrão.

Os anarquistas! Tão na deles, tão leais, tão humanos. Espanhóis até o osso do calcanhar. Gerda riu com seus botões.

Outras vezes desciam em grupo para a praia de Malvarrosa para comer camarões e ver os barcos. O que mais gostava era disto. Sentar-se na areia e ver como os pescadores puxavam da praia os veleiros da água com bois. Obrigavam os bois a avançar mar adentro até a quebra, então amarravam as cordas dos navios à canga e os rebocavam até a areia. Vários pares de bois arrastando um barquinho a vela para fora do mar, com uma fileira de ondas luminosas que iam quebrar na areia. Ficava muito tempo sozinha, fumando e olhando ao longe, enquanto o salitre lhe refrescava a pele e as lembranças.

Nem tudo era tempo livre. Tinha que levar adiante suas reportagens. Agora era repórter gráfica por conta própria. Todas as suas imagens levavam o selo "Photo Taro". Nunca havia se sentido tão proprietária de seus atos. Agachou-se sob um arco do claustro, no Instituto Luis Vives, os joelhos juntos, as pupilas contraídas como pontas de alfinete. Diante dela se alinhava uma coluna em formação do exército popular. Enfocou em primeiro plano, perspectiva em fuga. Clique. Como contraponto às fotografias de guerra, gostava de retratar imagens da vida cotidiana, um casal tomando orchata na Santa Catalina, o concurso de bandas dos povoados sob uma bandeira com os retratos de Machado e García Lorca, moças fazendo cursos de instrução na praça de touros. Valência a tocou muito profundamente. A cidade era aberta, sensual e hospitaleira. Para todos os refugiados que chegavam famintos do front representava o paraíso da abundância, a terra prometida, com a vitrine da Barrachina sempre repleta de mantimentos. Mas o front se aproximava cada dia mais, e dos balcões da plaza de Castelar começavam a se ver outras coisas: a chegada dos malaguenhos que fugiam dos fuzilamentos maciços. Pessoas com as alpargatas em carne viva e o rosto quebrado pelo espanto.

Não pensou. A credencial que tinha só era válida para Valência, de modo que se apresentou com sua câmera e seus bens ao ombro no escritório de propaganda da Junta de Defesa para obter uma permissão e poder cobrir o êxodo dos milhares de refugiados que chegavam da costa oriental da Andaluzia. Não era fácil conseguir uma credencial. As autoridades estudavam cada solicitação com lupa para evitar que alguém se aproveitasse da situação. Em certos círculos boêmios europeus entrara na moda uma espécie de turismo de guerra. Pessoas que procuravam sensações fortes e que pretendiam se livrar do tédio de suas vidas monótonas instalando-se às custas do comitê de imprensa nos melhores hotéis de Valência ou Barcelona, como se estivessem nas touradas, para ver de camarote como os espanhóis se matavam. As autoridades republicanas não podiam consentir isto. Por isso a maioria dos correspondentes tinha que esperar para obter autorização e lugar em um carro, enquanto mascavam seus charutos, escreviam a máquina compulsivamente e exigiam em idiomas estrangeiros audiências que nunca chegavam.

Gerda, no entanto, conseguiu a permissão em menos de dez minutos, ratificada ademais com um selo da Aliança de Intelectuais Antifascistas. Sabia se virar. Era sociável, tinha facilidade para se entender em cinco idiomas, um sorriso imbatível e uma teimosia à prova de burocracia.

Durante dias ficou vendo refugiados passarem pela estrada da costa. Primeiro carros puxados por burros, depois mulheres e anciões carregados com fardos, seguidos de crianças sujas e assustadas, depois pessoas desesperadas, descalças, exaustas, com o olhar perdido daqueles para quem tanto faz seguir em frente ou ir para trás. Uma autêntica enchente humana. Cento e cinquenta mil pessoas que tinham deixado suas casas e toda sua vida, fugindo aterrorizadas primeiro para Almeria e depois para Valência, em busca do refúgio republicano mais próximo, sem saber que o pior as esperava no caminho. O inferno. Tanques franquistas perseguindo-as por terra praticando tiro ao alvo. Aviões italianos e alemães bombardeando-as e, nos trechos próximos à costa, as canhoneiras crescendo do mar. Aquilo era uma ratoeira. De um lado, os escarpados, de outro, uma parede de rocha natural. Não havia escapatória. As mães vendavam os olhos das crianças para que não vissem os cadáveres que iam ficando nas valas. Duzentos quilômetros a pé sem nada para comer. De vez em quando se ouvia um ronco de motores e passavam caminhões de milicianos com a lona verde desbotada, sobrecarregados até os tetos, caindo aos pedaços, cobertos de poeira, muito tristes.

Os pais suplicavam de joelhos que deixassem as crianças subirem mesmo sabendo que, se deixassem, tinham poucas chances de voltar a encontrá-las. A pior epopeia da guerra. Muitos refugiados estavam em estado de choque. Outros sofriam colapsos de esgotamento enquanto os aviões voltavam à carga, tecendo do ar uma intrincada teia. Ninguém tentava se proteger. Dava na mesma.

Gerda não sabia para onde olhar. Aquilo era o fim do mundo. Viu uma mulher muito alta transportando um saco de farinha no lombo de um cavalo branco e apertou o disparador como um autômato. Achou que estava delirando. Ninguém enterrava os mortos, e tampouco havia forças para recolher os feridos.

Ao anoitecer ouviu um rumor confuso. Vibrações, rangidos, batidas, faróis se orientando na escuridão, na saída de uma curva. Dirigiu-se para a luz como se não restasse mais mundo ao redor. Era a unidade móvel de um hospital de campanha. Um homem com uma bata branca cheia de sangue, como o avental de um açougueiro, enrolava uma atadura ao redor da cabeça de um ancião. O médico canadense, Norman Bethune, parecia um ressuscitado. Magro, barbado, com as pupilas avermelhadas. Estava há três dias sem dormir fazendo transfusões de sangue e recolhendo crianças na estrada.

Gerda nunca havia pensado que a tristeza estivesse tão próxima do ódio. Fez a chama do lampião subir, aumentando o diâmetro de luz à sua volta, jogou a manta nos ombros e começou a caminhar para a ambulância. Ouviu os gemidos dos doentes, a voz de uma mãe falando baixinho com o filho. A traseira do caminhão era usada como mesa de operações. Se uma veia é cortada na escuridão, em qualquer momento depois do anoitecer, o sangue fica preto como petróleo. O pior era o cheiro. Naquele momento teria dado qualquer coisa para estar com Capa. Ele saberia exatamente o que dizer para acalmá-la. Tinha o dom de fazer os outros rirem nos piores momentos.

Ficou um tempo absorta, até consumir o cigarro, recordando o tato de suas mãos ásperas e seguras, os olhos leais, de spaniel, o gesto de soprar no seu pescoço depois do amor, seu humor autodepreciativo, capaz também de soltar uma rabugice que a deixava furiosa e depois consertar tudo outra vez com aquele olhar que apagava qualquer coisa. Terno, imaginativo, egoísta. "O maldito húngaro do caralho", pensou de novo e quase disse isto em voz alta para abafar o soluço que lhe subia à boca. Caminhava sozinha pelo acostamento entre mortos empilhados uns sobre os outros, pálida, com o olhar perdido.

Achou que morreria se não visse logo um rosto conhecido e então ouviu um estalo como a opalina de uma vela ao se apagar, alguém acabava de romper com a unha uma ampola de morfina. Antes que se virasse, ela o reconheceu pelas costas. As pernas longas, os braços arregaçados, metidos na caixa de um estojo de primeiros socorros, o ar de Gary Cooper.

— Ted — chamou.

O rapaz se virou. Não tinham voltado a se ver desde Cerro Muriano. Seu anjo da guarda de 19 anos havia envelhecido. Caminhou para ele devagar, apoiou a testa em seu peito e pela primeira vez desde que estava na Espanha pôs-se a chorar sem se importar que a vissem. Em silêncio, sem soltar uma palavra, incapaz de conter as lágrimas, enquanto Ted Allan lhe acariciava a cabeça devagar, também calado e confuso. A mão direita entre o cabelo louro e o tecido da camisa. Este contato físico era o único consolo possível em meio àquele rio humano. Parecia que as lágrimas não saíam do peito, mas da garganta, impedindo-a de respirar. Ficou assim por muito tempo, chorando a lágrima viva depois de sete meses de guerra, de aguentar aquilo sem desmoronar.

O inferno.

XX

"Tenho 25 anos e sei que esta guerra é o fim de uma parte de minha vida, talvez o fim de minha juventude. Às vezes acho que com ela também terminará a juventude do mundo. A guerra da Espanha fez alguma coisa com todos nós. Não somos mais os mesmos. O tempo em que vivemos está tão cheio de mudanças que é difícil nos reconhecermos em como éramos há apenas dois anos. Não consigo nem imaginar o que está por vir..." Estava enrolada em uma manta, com o caderno vermelho apoiado nos joelhos e a última luz se desvanecendo no horizonte. Esta era a hora do dia que mais gostava. Se fosse escritora escolheria este momento para começar suas histórias, entre o dia e a noite, um território exclusivamente seu para deixar errar os pensamentos. Nenhum amante poderia atravessar jamais esta fronteira. Daquela elevação via as áreas bombardeadas ao longo do declive formado pelos telhados, os hectares de pomar destruídos junto à granja. Contemplava o lugar martirizado em que se encontrava, na Espanha. Apoiou de novo a caneta na superfície branca do papel e continuou escrevendo. "Durante os últimos meses percorri esta terra de um lado a outro, ensopando-me de seus ensinamentos. Vi pessoas imoladas e quebradas, mulheres íntegras, homens com visões estranhas e trágicas e homens com senso de humor. É tão misterioso este país, tão seu, tão nosso. Vi-o adoçar-se e desmoronar sob cada bombardeio, e levantar-se de novo cada manhã com as cicatrizes recentes. Ainda não estou de todo farta de ver, mas chegarei a estar. Sei disto."

O hospital de campanha ocupava parte da esplanada, estendido na escuridão, para não chamar a atenção da aviação inimiga. Muitos refugiados dormiam enrolados em mantas sob as lonas dos caminhões. As crianças se apinhavam sobre montes de sacos com os pés enfaixados. O governo tentava evacuar desde Almeria todos aqueles que pudessem aguentar a viagem de ônibus, trem ou barco, mas a situação saiu de controle.

Capa chegou em 14 de fevereiro, quando o pior já tinha passado. Havia voado em um pequeno avião de Toulouse a Valência. Muitos de seus colegas continuavam na cidade à espera de uma credencial. O Escritório de Imprensa não dava conta de atender a todas as solicitações, com as mesas repletas de máquinas de escrever e pilhas desordenadas de papel-carbono e folhas sujas. Assim, diante da dificuldade de conseguir outro meio de transporte, decidiu contratar um táxi por sua conta, tomar a estrada de Sollana junto aos arrozais e seguir depois pela ribeira baixa do Júcar para a Andaluzia. Não sabia até que ponto a guerra incitava seus sentimentos. Além do chofer, estava só com seu próprio personagem disposto a lhe ser fiel até as últimas consequências, nesta espécie de limbo em que a vida é a lenda que alguém forja para si mesmo. A Leica ao ombro, a vista cravada na agulha do velocímetro. Ao chegar viu Gerda à contraluz estendendo um lençol para secar na grama, enquanto Ted Allan preparava tiras de calamina para ataduras em uma bacia.

— Não sabia que tinha virado enfermeira — disse com uma pitada de acidez no tom. O sorriso meio de lado, suave e precavido. Estava magoado com ela, embora não tivesse nenhuma razão muito concreta, e isto o indispunha ainda mais.

— Chegou tarde demais — respondeu ela com uma sutileza combativa, sem especificar se se referia a cobrir o êxodo dos refugiados andaluzes ou ao resto de sua vida.

Capa não podia suportar esta linguagem dúbia, quando ela se entrincheirava atrás da muralha de seu orgulho. Com o uniforme de miliciana, o rosto pálido e aquela altivez de guerreira medieval, sua beleza resplandecia até um ponto que lhe resultava totalmente insuportável. Olhou para ela, esperando que dissesse mais alguma coisa. Mas não havia mais para dizer. Por enquanto.

Apesar do frio, o gelo foi derretendo nos dois dias seguintes com a franca camaradagem canadense de Ted e Norman. Desde que as bombas incendiárias tinham começado a cair na cidade, decidiram se transferir com os caminhões e as barracas para uma antiga sede de fazenda no subúrbio. O edifício estava um tanto em ruínas. Faltavam degraus nas escadas e o corrimão estava solto. Alguns quartos da ala leste estavam destelhados, como viveiros. Abria-se uma porta e aparecia a paisagem, mas a cozinha havia sobrevivido intacta. Era ali que o Dr. Bethune preparava suas misturas de citrato de sódio para conservar o sangue com que realizava as transfusões. Capa gostava de brincar com as crianças, fazia para elas teatrinho de sombras nas paredes, mexendo os dedos com um lenço branco. Gerda o via se fazer de palhaço e ria.

Na segunda noite, tirou as botas e entrou na barraca dele, agachada, de quatro, sem mais preâmbulos, e assim que sentiu a mão dele roçando sua pele soube que aconteceria exatamente o que desejava que acontecesse. O sabor masculino dos lábios, sua boca sussurrando palavras doces e obscenas, bem abaixo, entre suas pernas, movendo-se devagar, seguro, prolongando até o limite cada carícia, deixando-a louca até fazê-la renunciar a todos os seus princípios. Olhou para cima no último momento, para o teto da barraca, procurando algum lugar onde se agarrar, mas não encontrou nenhuma corda. Sentiu-se mais vulnerável que nunca. Ser livre, defender a própria independência, não pertencer a ninguém, apaixonar-se até não poder suportar. Como tudo era complicado.

Já havia dito *la* Camila, uma cigana adivinha e dinamitadora, meio surda, com costas robustas que tinha vindo de Cádiz.

— Menina, dá mais trabalho gostar de um homem que explodir um trem.

Sabia o que dizia. Tinha explodido uns quantos. Teria uns 50 anos, saia preta e cabelo escuro muito esticado, penteado com a risca no meio e preso atrás em um coque com um pente dourado. Uma mulher dura como uma mula, com mãos de granito. Amarrava as crianças com cordas à cintura, e, quando estas se queixavam, exaustas, e diziam que não podiam continuar caminhando, batia nelas com uma ponta da corda, como se fossem cabras, para obrigá-las a continuar. Mas depois, ao se dar conta de que de fato não podiam mais andar, colocava-as nas costas duas a duas e subia as montanhas com elas na garupa, fazendo todas as viagens para cima e para baixo que fossem necessárias. Capa a provocava constantemente com alguma brincadeira quando a via beber vinho da garrafa sem respirar, como um peão de estrada. Entendia-se bem com ela apesar da surdez e de falar um andaluz fechadíssimo. A alma cigana.

Gerda tinha estendido a mão diante de si como se fosse uma brincadeira. A mulher a abriu e passou o polegar pela palma com muito cuidado. Reteve-a assim um tempo entre as suas e voltou a fechá-la, sem dizer nada. Tomavam café ao redor de uma fogueira. Ela e Capa partiriam na manhã seguinte bem cedo e queriam despedir-se. Tinham decidido continuar rumo à ponte de Arganda, onde se travavam violentos combates.

— O que você viu, Camila? — perguntou Capa, com o cigarro pendurado no canto do lábio.

— Muito equilibrada sua garota, húngaro, mas cuidado com suas mordidas. — Capa ainda exibia no pescoço os sinais recentes da última batalha amorosa, uma mancha cor de berinjela bem abaixo da orelha esquerda.

— Deve ser um vampiro — brincou ele, imitando com os braços o voo de um morcego. — Uma vampira provavelmente, e das mais perigosas. *Tadarida teniotis.*

— Será uma boa esposa se conseguir colocá-la na linha.

— *Por los cojones!* — soltou Gerta em perfeito espanhol.

Todos riram de sua saída. Era divertido ouvi-la soltar palavrões de tropeiro com aquela graça estrangeira tão elegante. Despojava qualquer interjeição canalha de seu sentido original para transformá-la em puro desafio. Era como ver uma gata angorá caçando ratos com artes de animal de rua.

— E sobre o futuro? — quis saber Ted, que já havia tido a oportunidade de conhecer a precisão da cigana com suas previsões. Estava sentado ao lado de Gerda, um tanto curioso e tímido, com os joelhos flexionados e a cabeça baixa. Sempre se ruborizava na presença dela, mas adorava Capa como um irmão mais velho. Um dia de névoas tristes não muito longínquo, em Paris, os dois muito bêbados, se amparariam, dando-se álcool e conversa, enquanto aguardavam o amanhecer mais cruel de suas vidas. O canadense era franco e leal. Ele se deixaria matar antes de trair um dos dois. A guerra estava rasgando por dentro a delicada tapeçaria de seus afetos. Sua pergunta era avaliativa, uma pergunta de anjo da guarda que talvez tivesse previsto ou intuído muitas das coisas que estavam a ponto de acontecer. — Não vai arriscar nada?

— Nada.

— Pode dizer o que for — animou-a Gerda, respeitosa, sempre a tratava por você. — Não acredito nestas coisas.

— E em que coisas acredita então, menina?

— Nas minhas ideias.

— As ideias, as ideias... — repetiu *la* Camila para si como se rezasse.

— Você nos deixou intrigados — reclamou Capa piscando um olho para a cigana. Achava que a coisa que a estava calando era sem dúvida alguma questão do coração.

— Sim — insistiu Gerda —, diga o que leu na minha mão. Eu gostaria de saber.

— Nada — repetiu ela secamente, com expressão severa, balançando a cabeça para os lados enquanto se levantava para ir embora.
— Não vi nada, menina.

Saíram com a alvorada nascente de um dia nublado, entre argamassas de cal sobre os atoleiros, sob um céu de tonalidades indecisas que exalava a mesma tristeza que aqueles quartos de hotel esfumaçados pelos cigarros de ontem, aos quais a gente sabe que nunca vai voltar.

A paisagem seria aprazível não fosse pelos buracos e pelas constantes cabeçadas. Durante todo o caminho para o oeste iam encontrando longas filas de caminhões militares carregando volumes sob as lonas desgastadas, velhos Packards e carros de combate. À medida que se aproximavam do front de Jarama, aumentava o vaivém de um lugar a outro. Dos dois lados da estrada de cascalho, viam-se negras colunas de fumaça suspensas entre o céu e a terra. Os amotinados estavam tentando cortar a estrada Madri-Valência para deixar a capital sem sua principal via de abastecimento. Mas os republicanos tinham conseguido salvar a rota defendendo com unhas e dentes a ponte de Arganda. Gerda e Capa chegaram ao anoitecer ao quartel-general que as Brigadas Internacionais haviam estabelecido em Morata de Tajuña, uma planície cercada de trigais que não demorariam a ser ceifados pela metralha. Mas àquela hora o acampamento estava calmo.

Há vozes que agitam as árvores como uma descarga de fuzilaria. A voz que Gerda e Capa ouviram na noite de sua chegada era destas. *Ol'Man river / That ol'Man river...* Mais de duzentos homens estavam sentados à *sioux*, formando um círculo fechado, quase cerimonioso.

— Caralho, o negro... — exclamou Capa sinceramente comovido.
— Era Paul Robeson, um gigante de Nova Jersey de quase 2m com

peito largo e curvado de jogador de rúgbi que dava a seu vozeirão uma ressonância de tubo de órgão. Estava de pé no meio do terreno, rodeado de um público de sombras que explodiu em uma ovação decisiva quando aquele neto de escravos arrematou a tarefa com um ré bemol grave que se elevou por cima de todas as fronteiras.

Centenas de rostos tensos, imóveis, transpassados pela emoção, ouviam com o fôlego contido aquele negro espiritual vindo dos campos de algodão às margens do Mississippi. Gerda sentiu que a música chegava às vísceras sem quebrar os ossos, como os salmos. Havia algo profundamente bíblico naquele canto solitário. A escuridão, o cheiro dos campos, a reunião de pessoas vindas de todas as partes. Todos muito jovens, quase crianças, como Pati Edney, inglesa de 18 anos, apaixonando-se montada na carroceria de uma ambulância na frente de Aragão, ou John Cornford, um rapaz de 21 anos, com jaqueta de aviador e sorriso de menino que fumava sem parar cigarros sem filtro e que teria sido excelente poeta se uma bala não tivesse arrebentado seus pulmões na serra de Córdoba. Gerda e Capa tinham se encontrado com alguns em Leciñena e com outros em Madri, quando os fascistas chegaram à beira do Manzanares e eles se integraram à brigada do general Lucakz. Gerda se lembrava perfeitamente do rosto do escritor Gustav Regler levado em uma maca por dois milicianos entre os escombros de um bombardeio; um rapaz albanês muito alto embebedando-se com Capa depois dos combates da Casa de Campo porque se apaixonara até a medula por uma mulher casada, muito mais velha que ele; o americano Ben Leider com óculos de aviador, pousando com toda sua esquadrilha diante de um Policarpov 1-15, com o qual defendeu Madri até que seu avião foi derrubado. Toda vez que algum caça biplano saía em missão, saudava do ar sua tumba no cemitério civil de Colmenar de Oreja; Frida Knight, que jogava migalhas de pão para as pombas na plaza de Santa Ana e ficava furiosa quando os obuses dos fascistas as espantavam; Ludwig Ren com o ombro esquerdo pontilhado de cicatrizes cor-de-rosa de fuzil metralhadora; Simone Weil, olhando desconcertada a crueldade da luta através de suas lentes de intelectual; Charles Donelly escrevendo poemas na planície de Morata à luz de um lampião, com um lápis de carpinteiro na orelha; Alec McDade, engenhoso e fleumático, fazendo todos rirem com seu típico humor britânico, comendo uma lata de atum sentado na calçada enquanto as bombas da aviação franquista penteavam as cornijas da Gran Vía. Americanos da Brigada Lincoln, búlgaros e iugoslavos da Dimitrov, poloneses da Dombrowski, alemães da Brigada Thälmann e da Edgar André, franceses da Marseillaise, cubanos, russos... Gerda esperava ver Georg por ali. Sabia por sua última carta que estava há três meses lutando na Espanha, mas o acaso não quis estender suas pontes para que se encontrassem.

— Eu gosto da música negra — disse Gerta.

O canto os tinha empolgado com sua carga de emoção coletiva, os punhos elevados à altura da têmpora, "Saúde!" "Saúde!"...

Caminhavam em direção à barraca. A planície clareava ao redor dos dois conforme os olhos iam se acostumando à escuridão, as barracas de lona levemente onduladas pela brisa dos trigais, a noite aprisionada e fria, purificando os sons, os cheiros, enquanto o murmúrio do acampamento ia se apagando como coberto por uma cúpula de vidro. Os dois caminhando de mãos dadas, um tipo especial de compenetração, quase geológica, noturna. Capa pensou que aquela terra era tão bonita que poderia morrer nela.

— Se eu lhe oferecesse minha vida, você a recusaria, certo? — perguntou. Não era uma queixa nem uma recriminação.

Ela não respondeu.

Capa nunca havia gostado tanto de alguém, e isto o deixava consciente de sua própria mortalidade. Quanto mais aumentava a independência dela, quanto mais inalcançável se mostrava diante dele, mais aumentava sua necessidade de tê-la. Pela primeira vez em sua vida se tornou possessivo.

Detestava sua autossuficiência, quando ela escolhia dormir sozinha. Então não conseguia afastá-la de sua cabeça, pensava obsessivamente em cada milímetro de sua pele, em sua voz, nas coisas que dizia até quando discutia por qualquer bobagem, a forma como entrava engatinhando na sua barraca e se apertava contra seu corpo, com o cenho um pouco franzido como uma santa ou uma virgem andaluza.

Virou-se para ela e tocou sua mão com suavidade.

— Case comigo.

Gerda se voltou para olhar para ele quando escutou suas palavras. Não era desconcerto. Estava só um pouco comovida. Meses antes teria aceitado feliz.

Olhou-o fixamente e com ternura, um diante do outro, reprimindo o consolo de uma carícia, como se estivesse em dívida com ele ou devesse uma explicação. Sentia a impotência de tudo o que não era possível dizer, procurando alguma palavra que pudesse salvá-la. Lembrou-se de um velho provérbio polonês. "Se você corta as asas de uma cotovia, ela será sua. Mas então não poderá voar. E o que você ama é o seu voo." Preferiu não dizer nada. Baixou os olhos, para que pelo menos sua piedade não o humilhasse, desprendeu-se dele e continuou caminhando sozinha para a barraca, notando sob suas pegadas a poderosa densidade da terra, com um pesar profundo que rasgava sua alma por dentro, pensando que ia ser muito difícil gostar de alguém como gostava daquele húngaro que a olhava resignado, como se lesse seus pensamentos, com aquele sorriso meio triste, meio irônico, sabendo que este tinha sido sempre o pacto entre eles. Aqui, ali, em lugar nenhum...

XXI

O velho casarão ainda resistia em pé depois de vários meses de assédio. Estava situado no número 7 da calle Marqués del Duero e tinha sido expropriado dos herdeiros do marquês Heredia Spínola para se tornar a sede da Aliança de Intelectuais Antifascistas. O edifício rangia por todas as suas costuras, era feio, muito solene, decorado com móveis fúnebres e grossos cortinados de veludo, mas abrigava toda a vida de uma cidade oculta. Os salões da Aliança eram um jubileu contínuo de atores, jornalistas, artistas, escritores, tanto espanhóis quanto estrangeiros, sobretudo poetas, como Rafael Alberti, que era seu secretário. Entre o inverno e a primavera passaram por ali Pablo Neruda, que continuava sendo cônsul do Chile em Madri; César Vallejo, peruano de verso livre, Cernuda, elegante com o cabelo sempre recém-penteado e o bigode aparado; León Felipe, que levava todo dia a recontagem do número de mortos deixados pelos bombardeios aéreos; Miguel Hernández, o poeta pastor de Orihuela, com o rosto enegrecido pelos sóis da guerra quando voltava da frente, o crânio raspado e o andar camponês, quase sem levantar os pés do chão.

Gerda passou em silêncio diante dos murais do século XVIII que decoravam os corredores meio em penumbra. Quando chegou ao seu quarto no segundo andar, abriu a porta do armário de nogueira e descobriu pendurada nos cabides uma coleção de trajes de época que tinha pertencido a várias gerações de grandes da Espanha: levitas austeras, sedas de baile, uniformes de almirante de veludo azul e botões dourados, cetins desbotados, musselinas com cheiro de naftalina.

— É fantástico! — disse a Capa com os olhos esbugalhados, como uma menina.

Quatro ou cinco pessoas, repentinamente unidas pela mesma ideia, começaram a tirar aquelas relíquias empoeiradas, fazendo-as deslizar no corrimão de mogno encerado com um revoar de traças. Pouco depois, o grande salão dos espelhos se transformou em um teatro improvisado, todo mundo fantasiado, interpretando o papel que lhe havia tocado representar. Capa vestido de acadêmico com levita e camisa de seda, Gerta rebolando os quadris sob um vestido vermelho de babados e uma mantilha espanhola, Alberti enrolado em um lençol branco com uma escarola na cabeça transformada em coroa de louro, o fotógrafo Walter Reuter fumando um cachimbo com uma casaca de tenente de couraceiro, o ilustrador José Renau vestido de bispo com as pernas peludas aparecendo por baixo do hábito, Rafael Dieste atuando como mestre de cerimônias, dirigindo toda aquela farra. O alarme antiaéreo de toda noite os surpreendeu brincando como crianças, armados de quebra-nozes atirando-se bolas de papel, entregues a um alvoroço de batalha infantil. Estavam cercados de morte por todos os lados. Era sua maneira de se defender da guerra.

A cidade inteira era uma grande trincheira, cheia de ruas cortadas pelas barricadas e de crateras provocadas pelas bombas. Por Alcalá, Goya, calle Mayor ou Gran Vía não se podia transitar; nas vias de sentido norte-sul, como Recoletos ou Serrano, era preciso circular pela calçada correspondente às fachadas voltadas para o leste e nunca se devia atravessar as praças diametralmente, mas pelas bordas, sempre junto às portas para se refugiar nelas se fosse necessário. Eram as normas ditadas pelo general Miaja quando estava à frente da Junta Delegada da Defesa de Madri. Estavam coladas em um quadro, na porta da Aliança, bem visíveis. Ainda que fizesse várias semanas desde que tinha começado a evacuação da população civil para Valência, continuava havendo problemas de abastecimento, e os madrilenhos tinham que aguentar longas filas de pé diante dos escritórios de racionamento e das lojas de comestíveis. Mas os teatros e os cinemas continuavam abertos como se não estivesse acontecendo nada. O Rialto, o Bilbao, o Capitol, o Avenida... Uma cidade assediada não podia perder a esperança. As pessoas iam assistir *Mares da China* no Bilbao e não sabiam que o pior as estava esperando na saída, na calle Fuencarral. Mas depois dos tufões, dos piratas malaios, dos *coolies* e do tiroteio longínquo daquela China de celuloide, a guerra de verdade não impressionava tanto. Jean Harlow estava em algum lugar perto de um rio sujo, lamacento e amarelo, e a última esperança era o som de fundo de uma misteriosa sirene de navio. Os sonhos.

A Aliança era o coração cultural da frente. À tarde, os quartos do primeiro andar se transformavam na redação improvisada da revista *El Mono Azul*, destinada a elevar o moral dos combatentes, e no salão dos espelhos a companhia teatral Nueva Escena, dirigida por Rafael Dieste, preparava suas atuações com montagens adaptadas à guerra. O jantar era servido às nove em uma grande mesa contínua à luz dos candelabros. O menu quase nunca passava da mísera ração de feijão que permitia o racionamento, mas a baixela era deliciosa, de cristal da Boêmia e porcelana de Sèvres.

Na última hora realizavam-se noitadas musicais, e jovens poetas com os olhos febris recitavam seus versos até que a alvorada ia tingindo de cor-de-rosa as noites canhoneadas daquela Madri heroica. Gerda e Capa logo se transformaram no casal mais querido. Eles, que em Paris nunca tinham deixado de ser refugiados, estrangeiros que viviam de empréstimo, no ambiente da Aliança começaram a sentir-se em casa. Com seu espanhol vacilante se incorporavam ao coro para cantar com mais ímpeto que ninguém as canções da resistência: *das bombas riem / das bombas riem / das bombas riem /*

minha mamãe / os madrilenhos / os madrilenhos... A voz profunda, o coração no lugar. Embeberam-se do humor espanhol, tão cruel às vezes. Eram capazes de rir quando o prato do jantar estava vazio, ou quando Santiago Ontañón dizia que os feijões tinham bichos que os olhavam fixamente, ou quando o poeta Emilio Prados dava para cantar a "Marseillaise" com sotaque andaluz, ou quando Gerta dizia que fumava *"yerbos"*, ou quando Capa muito sério ficava conversando com as marquesas dos quadros.

— E por que você é revolucionário, Sr. Capa, pode-se saber? — perguntava-lhe María Teresa León, mulher de Alberti, imitando a voz empoeirada de uma das damas do Antigo Regime que adornavam as paredes.

— Por decoro, senhora marquesa. Por decoro — respondia ele.

A Aliança foi seu lar espanhol, sua única família.

Às vezes também aparecia por ali o escritor americano Ernest Hemingway, com sua boina e seus óculos de intelectual com aro metálico. Estava escrevendo um romance sobre a guerra civil e andava por todos os lados com uma velha máquina de escrever. O correspondente do *New York Times*, Herbert Matthews, um dos repórteres mais perspicazes que havia na Espanha, e Sefton Delmer, do londrino *Daily Express*, um sujeito de 1,80m, robusto e avermelhado, com pinta de bispo inglês, costumavam acompanhá-lo. Os três formavam uma espécie de curioso trio de mosqueteiros, ao qual depois se uniu Capa no dia em que encomendou uma *paella* para todos nas covas de Luis Candelas, sob o arco de Cuchilleros.

Gerda por sua vez era a estrela da Aliança. Seu magnetismo seduzia todo mundo com aquele sorriso de dentes luminosos e sua facilidade para imitar qualquer sotaque e entender-se em cinco idiomas, além do "capanês", como Hemingway chamava o jargão estranho que Capa falava. Saía da Aliança cedo, a pé, deixando atrás de si o edifício martirizado da Biblioteca Nacional, passava por Cibeles e em seguida continuava de carro, por Alcalá ou Gran Vía, em direção ao front. Trabalhava durante todo o dia, espiando com sua câmera os precipícios da morte que chegavam até as trincheiras do Hospital Clínico, a apenas algumas centenas de metros dos primeiros bares de Madri. Manejava a câmera como um fuzil de assalto. Capa a via trocar o filme, encostada num talude enquanto atiravam, as asas do nariz dilatadas, a pele suada, secretando adrenalina por todos os poros, sem abrir a boca, lançando intensos olhares em torno entre foto e foto.

Arriscavam-se cada vez mais. Porém eram muito bonitos, muito jovens, com uma espécie de desenvoltura esportiva. Não passava pela cabeça de ninguém temer por eles. Tinham a aura dos deuses. Os soldados se alegravam ao ver Gerda chegar, como se sua presença lhes servisse como talismã. Se a pequena loura — como a chamavam — estava por perto, as coisas não podiam ir tão mal. Alguns meses depois, Alfred Kantorowicz lhe confessaria, quando voltaram a coincidir ao sul de Madri, em La Granjuela, que nunca tinha visto seus brigadistas tão limpos e bem-barbeados como quando ela rondava com sua câmera por perto. A bagunça dos homens ao redor dos espelhos e das fontes de água era constante. Os correspondentes estrangeiros brigavam para lhe ceder lugar ou levá-la em seus veículos. André Chamson a convidou para viajar a bordo da limusine requisitada que tinham lhe fornecido. Ela correspondia a tudo com um peculiar sorriso irônico e afetuoso ao mesmo tempo, amável com todos, mas sem abdicar de nada. O general Miaja lhe deu de presente a primeira rosa de abril, durante uma entrevista, enquanto percorriam juntos os jardins da Aliança. Também conversava frequentemente com Rafael Alberti na biblioteca da casa. Ensinou o poeta a revelar seus primeiros negativos no porão do edifício, onde tinham montado um pequeno laboratório. Até María Teresa León a adorava, com uma mistura de instinto maternal e rivalidade feminina.

Em público tinha um encanto que estimulava a todos. Isto era algo que Capa admirara nela desde o começo, mas agora não tinha tanta certeza. Começava a duvidar de tudo. A relação entre eles havia voltado à intermitência dos primeiros tempos. Eram amigos de alma, companheiros inseparáveis, colegas, sócios. E às vezes — apenas por costume — dormiam juntos. Como casal haviam se recolhido à aparente inocência de um território neutro. Mas ele era orgulhoso demais para ser um amante secreto. Não conseguia suportar. Quando ela estava entrincheirada na muralha de sua independência ou mantinha uma conversa privada com alguém e ele estava ao lado, em um grupo mais amplo, começava a contar em voz alta histórias que nem ele mesmo achava graça, presa de uma estranha tagarelice. Sempre fazia isto quando se sentia deslocado. Interpretava todos e cada um dos gestos dela como se fosse uma senha em código. Desconfiava que o tivesse substituído por outro. Uma vez a vira no vestíbulo segurando Claud Cockburn, o correspondente do *London Worker*, pela lapela enquanto ria muito de alguma coisa que este tinha sussurrado em seu ouvido. Durante dias se dedicou a seguir o jornalista e a infernizar sua vida. Mas que diabos ela estava jogando? Já não confiava nas demonstrações de carinho que Gerda lhe professava quando acariciava seus cabelos ao passar ao lado ou se apoiava em seu ombro quando sentavam-se juntos. Ou está comigo ou contra mim, pensava.

Mas, quanto mais lutava contra a presença dela, mais ficava obcecado com seu corpo, a planície de seu estômago, a curva suave do tornozelo, o osso saliente da clavícula. Esta era sua única geografia. Precisava deitar-se com ela não uma noite, mas todas, deitá-la de costas em uma daquelas camas com dossel, abrir suas coxas e entrar nela, domando-a em seu ritmo, até fazê-la perder o controle, até suavizar aquelas arestas de dureza que se punham às vezes no seu rosto e que a faziam parecer tão distante. Como o vento vai polindo as rochas nuas. Da última vez foi assim. Forte, violento. Caíram os dois de joelhos, ele com a cabeça embaixo da camisa dela e o sabor salgado de seus dedos na boca antes de começar a dar rédea solta ao desejo. Segurou-a pelos cabelos e puxou-os fortemente para trás, as feições transtornadas, furioso, voraz, com beijos convertidos em mordidas e carícias detidas no limite do arranhão. Fez amor bruscamente, como se a odiasse. Mas o que odiava era o futuro.

— Vou embora — disse com a cabeça baixa, sem olhar para ela, antes de sair descalço do quarto.

Era a única coisa que podia fazer. Estava ficando louco.

Além do mais, ela sabia se virar muito bem sozinha.

Estava mais que nunca centrada em seu trabalho. Costumava levantar cedo e retornar com a última luz do dia. Ao amanhecer, percorria o parque del Oeste e todo o intrincado sistema de trincheiras escavado ao redor da Cidade Universitária. Quando voltava do front, caminhava pela avenida do Quinze e Meio, cruzando com os transeuntes, desviando-se com indiferença do cadáver de algum cidadão desafortunado, calejada de espantos diante da morte, com uma couraça que tinha se formado sem perceber ao longo de quase um ano de guerra. Parou de repente diante do anúncio de um cinema. Ali estava Jean Harlow, uma moça meio má, meio boa, metade anjo, metade vampira, como qualquer personagem suscetível de redenção, e ao seu lado Clark Gable, seu salvador, sorridente, brutal, terno, o homem que devia colocá-la à prova, afastá-la, rebaixá-la um pouco, desprezá-la e ao mesmo tempo responder ao seu amor com um carinho implacável, da mesma natureza. A história de sempre. Todo aquele interior violento e complicado para se defender da própria ternura. O cinema com seu tributo de sonhos e sombras.

Em meados de março, os amotinados tentaram um novo assalto a Madri partindo do nordeste. Mas o ataque das tropas italianas enviadas por Mussolini foi respondido com uma grande contraofensiva que terminou com a vitória republicana em Guadalajara. Gerda percorreu as regiões conquistadas, circulando por estradas estreitas, cheias de lama, com um grande movimento de um lado para o outro de caminhões e carros de combate. Neste dia chegou à

Aliança cansada e pálida, com o tripé da câmera furado pelas balas fascistas.

Quando Rafael Alberti se inquietou pelo perigo que tinha corrido, respondeu apontando uma perna do tripé.

— Melhor aí do que no meu coração. — Mas não tinha muita certeza disto.

Jantou com todos como sempre e ao terminar ouviram no rádio o locutor Augusto Fernández dando o informe de guerra. Eram boas notícias sem dúvida. A batalha de Brihuega tinha sido a vitória republicana mais clara até o momento. Decidiram fazer uma festa no salão dos espelhos, mas Gerda não quis ir. Todos insistiram, Rafael Dieste, Cockburn, que não desperdiçava ocasião para cortejá-la, Alberti, María Teresa León, todos... mas ela recusou com um sorriso morno. Retirou-se para o seu quarto. Ficou acordada até tarde marcando cuidadosamente seus negativos. Não o fazia como Capa, com um corte em forma de cunha, mas com uma linha de costura, como os diretores de cinema. Esse trabalho manual a relaxava. Sentia na alma certa turvação de rio lamacento e amarelo minguando na noite. Desde que Capa se fora, já não lhe interessava a vida social.

Jean Harlow em *Mares da China*.

XXII

O dia estava claro com poucas nuvens. Vinte e seis de abril. Não fazia muito calor. Um bom dia de mercado com galinhas, pão de milho, meninos jogando bolinhas de gude e badaladas de sinos. O primeiro avião apareceu às quatro da tarde, um Junkers 52.

Depois da derrota dos fascistas em Guadalajara, Franco tinha dirigido sua estratégia para o cinturão industrial das províncias bascas com o objetivo de controlar as minas de ferro e carvão. O general Mola se encontrava em Vizcaya com 40 mil homens para a campanha do Norte. Mas o ataque aéreo correu a cargo da Legião Condor sob mando do tenente hitlerista Gunther Lützow.

Quatro esquadrilhas de Junkers em formação triangular, voando bem baixo, escoltados por dez caças Heinkel 51 e vários aviões italianos de reserva, sulcaram fantasmagoricamente o céu de Guernica. Primeiro arrojaram as bombas ordinárias, 3 mil projéteis de alumínio de 1 quilo cada um; em seguida, pequenos cachos de bombas incendiárias de 250 quilos, enquanto os caças arrematavam a tarefa com passadas em voo rasante sobre o centro da cidade, metralhando tudo o que se mexia.

Impossível ver qualquer coisa com aquela fumaça preta. No final já disparavam as bombas às cegas. Três horas intensas chovendo ferro, casas queimando. Um povoado inteiro abrasado. "A primeira destruição total de um objetivo civil indefeso mediante bombardeio aéreo", rezava a manchete do *L'Humanité*. Nunca se tinha visto nada igual. Capa leu a notícia em uma banca da Place de la Concorde.

Havia tomado o café da manhã com Ruth. Não a havia visto desde que retornara da Espanha e precisava falar com ela a respeito de Gerda. Em sua cabeça ainda ardiam os rescaldos da última noite na Aliança, a maneira que ela tinha de se esquivar de qualquer compromisso, seu desapego, as perguntas sem resposta que o mergulharam na mais insuportável das incertezas. Tudo frágil, tudo sempre a ponto de desabar. A noite anterior tinha sido dura para o fígado. A princípio vagou pelos *quais* do Sena com as mãos nos bolsos, chutando pedras, imerso em seus pensamentos, sem entender nada. Depois entrou em uma taberna nas docas e em uma hora estava completamente bêbado. Uísque. Sem gelo, nem soda, nem preâmbulos de nenhum tipo. Cada um se recupera das perdas secretas à sua maneira. Só quando a garrafa chegou à linha de flutuação conseguiu tomar certa distância. Seus movimentos foram ficando mais lentos, o coração e a virilha pararam de doer, e Gerda Taro voltou a ser uma judia polonesa qualquer, como tantas que alguém podia encontrar pelos bulevares daquela esquina do mundo que era Paris. Nem mais inteligente, nem mais bonita, nem melhor. Pouco a pouco os contornos do bar começaram a balançar como suas lembranças, tudo um pouco desfocado, *Ligeiramente fora de foco*, como em suas melhores fotografias. A sensação de solidão, a melancolia, o medo de perdê-la... jurou para si mesmo que nunca mais voltaria a se apaixonar daquela maneira. E cumpriu. Houve outras mulheres, é claro. Algumas delas muito bonitas, e com todas se mostrou atencioso e corajoso, fazendo honra à sua fama de sedutor, mas sem ligações nem compromissos de nenhum tipo. Entrincheirou-se na lembrança à grande distância do restante do mundo, como se a maior traição a si mesmo tivesse sido deixar alguém entrar naquela gruta secreta que ambos tinham compartilhado. Numa noite futura, muito tempo depois, quando a Europa começava a sair do buraco da Segunda Guerra Mundial, chegaria inclusive a cortejar Ingrid Bergman. Estava com seu amigo Irwin Shaw no vestíbulo do Ritz e os dois tramaram enviar à atriz um convite para jantar que nenhuma mulher inteligente ousaria recusar. Escreveram-no depressa, rindo muito, em um papel creme, com o cabeçalho do hotel:

Prezada Miss Ingrid Bergman

1. Este é um esforço coletivo. O coletivo está formado por Bob Capa e Irwin Shaw.

2. Tínhamos pensado em lhe mandar flores com este bilhete convidando-a para jantar esta noite, mas, depois das pertinentes consultas, percebemos que ou pagávamos as flores ou pagávamos o jantar, mas não podíamos pagar as duas coisas. Depois de submeter o caso a votação, ganhou o jantar por uma estreita margem.

3. Sugeriu-se que, caso não aceitasse jantar, poderíamos lhe enviar as flores. Por enquanto não se tomou uma decisão a respeito.

4. Flores à parte, temos um monte de duvidosas qualidades.

5. Se continuarmos escrevendo, não teremos sobre o que conversar, pois nossa provisão de encanto é limitada.

6. Nós ligaremos às seis e quinze.

7. Nós não dormimos.

Assinado:
Expectantes

Era sua maneira de continuar vivo, de levar tudo um pouco na brincadeira quando nada mais importava muito. No entanto a verdade é que nunca voltaria a amar alguém como aquela maldita polonesa, cujo sorriso zombeteiro nem sequer uma bateria de uísques duplos podia apagar. Tinha bebido de um só trago, um atrás do outro, sem respirar, enquanto o garçom colocava as cadeiras em cima das mesas e passava a vassoura.

Mas agora o álcool se diluíra por completo. Levantou-se para urinar de madrugada e se surpreendeu com o som de seu próprio manancial de cavalo. A única coisa que restava era uma britadeira dentro da cabeça, massacrando as têmporas, por isto tinha ligado para Ruth. Era melhor uma mulher para tentar encontrar uma luz no final do túnel, as mulheres sempre veem mais à frente, conhecem-se entre elas, sabem o que deve ser feito, maldita seja.

— Gerda é assim. Desde menina construiu ao seu redor uma couraça defensiva. Dê-lhe tempo — aconselhara Ruth, sem saber que isto era a única coisa que ela não tinha.

Capa a ouvia olhando para baixo, sem dizer nada, imaginando uma Gerda adolescente como tinha visto uma vez em uma foto que ela guardava com outras lembranças em uma caixinha de doce de marmelo. Estava sentada em um mole vestindo calça curta, segurando uma vara de pescar, os pés descalços pendendo, as tranças louras, e a mesma obstinação carrancuda, altiva e voluntariosa entre as sobrancelhas. "Puta que pariu", pensou consigo, e teve que reter o fôlego para que a ternura não o vencesse. Mas finalmente expulsou todo o ar de repente à maneira de queixa ou raiva.

Foi neste momento que se levantou ofuscado e atravessou a praça até a banca de jornais. Sua expressão ficou congelada. Quando a gente está muito dentro da própria dor, tende a pensar que o que acontece no resto do mundo não importa. Só que aquilo não era o resto do mundo, mas a Espanha, carne de sua carne. O perfil completamente arrasado de uma cidade coberta de escombros. Guernica. Cada projétil retumbou nas suas vísceras.

— Que os céus se fodam!

Neste mesmo dia negociou com *Ce Soir* sua viagem a Biarritz, e dali tomou um avião francês de pequeno porte em direção a Bilbao.

Outra vez o céu sob o balanço do motor, aquela claridade azulada, limitada ao sul pela silhueta negra da costa. Os aviões alemães continuavam bombardeando as trincheiras bascas nas encostas do monte Sollube, e os tanques franquistas avançavam implacáveis pela rodovia. Mas no interior da cidade assediada, a situação era ainda pior. Capa via mulheres e crianças se levantando entre as ruínas como fantasmas sujos, com o sol esquentando os cotos destripados dos edifícios e aquele cheiro de cidade arrebentada com cadáveres apodrecendo sob os escombros, um cheiro que gruda na pele durante dias mesmo que a gente se esfregue bem com sabonete no banheiro. Impossível esquecer. Como os rostos das mães no porto de Bilbao. Estavam ali paradas, em um porto bombardeado e faminto, despedindo-se de seus filhos enquanto os embarcavam com suas pequenas malinhas em navios franceses e britânicos que tiveram que romper o bloqueio para poder evacuá-los. Mordiam os lábios para que as crianças não as vissem chorar enquanto as penteavam bem bonitas e fechavam a gola dos casacos até em cima do pescoço. Sabiam que não iam voltar a vê-las. Algumas eram tão pequenas que iam enroladas em xales no colo dos irmãos mais velhos, de 5 ou 6 anos.

Capa olhava para um lado e para outro, como se já não pudesse fazer fotos. Tinha as mãos crispadas. Sentou-se em meio a uns sacos ao lado do repórter Mathieu Corman. Preferia mil vezes o campo de batalha. Ficaram ali um bom tempo, os dois sozinhos, contemplando a água negra, enquanto os navios se afastavam, emitindo fumaça, sem dizer uma palavra.

Pensava na impossibilidade de transmitir o que alguém sente quando presencia uma coisa destas. A morte não era o pior, mas sim esta estranha distância que se enfia para sempre na alma como um frio irreparável. Viu-se saindo do trem de Budapeste com 17 anos, duas camisas, umas botas de forro duplo, bombachas e nenhum lugar para onde ir. A Leica tinha ficado pequena para retratar aquilo. Necessitava de uma câmera que pudesse captar o movimento, uma câmera de cinema. A fotografia fixa não bastava para transmitir as vozes das crianças, os navios partindo, as mulheres paradas no cais até o anoitecer, sem que houvesse forma humana de arrancá-las dali, acreditando ver ainda no horizonte o pontinho minúsculo dos navios. A umidade que tornava as passarelas escorregadias. A extensão sombria e imensa do mar.

Foi Richard de Rochemont, diretor da série documental *The March of Time*, quem, na sua volta a Paris, lhe deu a oportunidade de experimentar com uma câmera de cinema. Era um sujeito afável e moderado, educado em Harvard. Ensinou a Capa as noções básicas de uso da câmera e lhe deu um pequeno adiantamento com a tarefa de filmar algumas sequências da guerra da Espanha para incluir na série. A câmera era uma Eyemo pequena e fácil de manejar. Naqueles dias eram frequentes os projetos de filmes e documentários sobre a realidade espanhola. Geza Korvin, amigo de infância de Capa, estava filmando a unidade de transfusões de sangue do Dr. Norman Bethune com o objetivo de arrecadar recursos no Canadá. E Joris Ivens, casado com uma de suas amigas de Budapeste, tinha começado a rodar *The Spanish Earth*.

O cinema era a grande tentação naqueles dias de lama e estrelas.

Foi assim que Gerda o viu aparecer no porto de Navacerrada, com um pulôver preto de tricô grosso e a Eyemo ao ombro. Também ela tinha algo para estrear: uma Leica nova e reluzente, comprada em sua última viagem a Paris. Seu tesouro mais prezado.

Caminhou devagar até ele.

— Como você está? — perguntou-lhe. A voz insegura, o coração pulsando forte na veia do pescoço.

— Como quer que esteja? — Ele sorriu um tanto confuso, passando a mão pelo cabelo. — Feito merda.

Aproximou-se um pouco mais dela. Isto a fez pensar que ia abraçá-la, mas ele se limitou a passar com muita delicadeza o dedo indicador pela sua testa, afastando a franja, e o retirou imediatamente. Um gesto mínimo. Os dois ficaram ali parados, a um palmo um do outro, sorrindo um pouco, com um ponto de cumplicidade, sérios de repente, olhando-se tensamente nos olhos com espanto e pavor, como testemunhas de um prodígio simultâneo que os possuía toda vez que voltavam a se encontrar.

O exército republicano acabava de iniciar uma ofensiva sob o comando do general Walter perto de Segovia, e o que Gerda e Capa queriam acima de tudo era ter imagens de uma grande vitória. Trabalharam lado a lado, acompanhando as tropas na primeira linha, intercalando a Leica e a Eyemo. O céu cinza, os soldados movendo-se entre os pinheirais, a densidade granulosa da terra quando a golpeavam com as botas para tirar o frio de madrugada. Filmaram as manobras dos carros de combate, blindados movendo o canhão para a direita e para a esquerda enquanto avançavam, os oficiais falando por telefone e estudando os mapas topográficos dentro de uma barraca sobre uma mesa de cavalete, os sapadores junto a uma pilha de projéteis marcados na parte lateral com garranchos escritos com giz amarelo. Mas nenhum dos dois tinha experiência com o cinema. Utilizavam a Eyemo como se fosse uma câmera fotográfica. Tomavam uma boa imagem fixa e depois faziam uma varredura de 1,5 metro, à maneira de fotogramas ampliados. Poucas tomadas puderam ser utilizadas na série *The March of Time*, no entanto alguns dos trechos filmados foram de grande valia para o romance que seu amigo Hemingway estava escrevendo e que seria intitulado *Por quem os sinos dobram*.

As tropas republicanas também não tiveram sucesso. O ataque fracassou, e uma vez mais Gerda e Capa retornaram a Madri sem as imagens desejadas. Mas o ambiente já havia tomado conta deles, a luz dos campos sob o último sol, os lenços das mulheres reparando uma estrada onde uma mina havia explodido, o azul-escuro dos últimos contrafortes da serra, o cheiro do café na primeira hora no acampamento com o círculo de montanhas inimigas ao fundo. Capa olhava tudo com a nostalgia antecipada de quando tivesse que abandonar aquele país para sempre. Muitas vezes pensava que a Espanha era um estado de ânimo, uma parte ilusória da memória em que ficaria fixada para sempre e da qual ele jamais conseguiria sair de todo.

Foram dias de trabalho duro e desesperança: a derrota, a morte dos amigos, o general Lukacz acabava de ser abatido no front de Aragão, a luta casa a casa nos subúrbios de Carabanchel. Chegavam à noite arrebentados ao número 7 da calle Marqués del Duero, sem vontade de nada nem tempo para pensar neles mesmos. Só uma vitória republicana podia tirá-los daquele beco em que se encontravam.

No fim de junho se dirigiram para o sul de Madri, onde estava o quartel-general do Batalhão Chapaiev, perto de Peñarroya. Quando Alfred Kantorowicz viu chegar Gerda, com sua câmera pendurada no pescoço e um rifle ao ombro, sorriu e entrou na barraca para trocar de camisa. Não a tinha esquecido desde o dia em que ela fez sua entrada triunfal no café Ideal Room de Valência.

Sua presença tinha este efeito imediato sobre os homens. Despertava seus instintos mais básicos. Neste mesmo dia os soldados reproduziram diante de sua câmera uma pequena batalha que tinha tido lugar dias antes em La Granjuela. Precisavam gravar imagens para o documentário, e com a Eyemo nas mãos não era fácil se dividir entre serem repórteres e diretores de cinema. Não viram nenhum problema em reconstruir na ficção um acontecimento histórico. No entanto a pulsão de ser ao vivo continuava muito mais forte. No dia seguinte seguiram a companhia até a linha de frente. A posição era extremamente perigosa. Gerda jogou a câmera no ombro e, diante da admiração dos brigadistas e das maldições em aramaico de Kantorowicz, percorreu os 180 metros que a separavam da trincheira a plena luz, sem que ninguém a cobrisse.

"Não me satisfaz observar os acontecimentos de um lugar seguro", escreveu nesta noite em seu caderno vermelho. "Prefiro viver as batalhas como as vive um soldado. É a única forma de compreender a situação."

A situação. Trabalhava sem descanso, voltou para Valência para cobrir o Congresso de Intelectuais Antifascistas. Era a primeira vez que escritores e artistas se reuniam em um país em guerra para expressar sua solidariedade. Mais de duzentos participantes de 28 países. As sirenes de alerta antiaéreo retumbaram a noite inteira. André Malraux, Julien Benda, Tristan Tzara, Stephen Spender, Malcolm Cowley, Octavio Paz... Mas, quando acabou a reportagem, retornou em seguida a Madri, ao velho casarão da calle Marqués del Duero. Estava obcecada por fotografar a todo custo uma vitória republicana. Cada vez se arriscava mais, roçando a inconsciência. Capa a viu acocorada junto a um miliciano atrás do parapeito de uma rocha, o corpo pequeno e flexível, a cabeça um pouco jogada para trás, os olhos muito brilhantes, com a adrenalina da guerra galopando nas veias. Clique. Em outra ocasião a fotografou junto a uma daquelas placas de estrada que sinalizavam um partido comunal. Tinham achado graça na coincidência da sigla PC com a de Partido Comunista. Estava sentada com os joelhos sobre o casaco dele, descansando, a cabeça apoiada no braço, encostada na armação, a boina preta, o cabelo louro brilhando ao sol. Clique. A guerra a havia alongado por dentro com uma profundidade nova, trágica, parecida com a de algumas deusas gregas, tão bela que não parecia real.

Havia um mapa detalhado de Madri marcado com tachinhas na parede do quarto. Capa estava recolhendo sua bagagem com o rádio ligado. Tinha que voltar a Paris para entregar as filmagens a De Rochemont conforme o combinado. Um carro o esperava na porta da sede da Aliança. Não tinha muitas coisas, então começou a guardá-las com calma, uma camisa limpa e várias sujas que colocou junto com alguma roupa de baixo em um compartimento lateral com zíper, o pulôver preto de lã, uma calça caqui, a espuma e as lâminas de barbear dentro de um estojo de couro. Pegou o livro de John Dos Passos sobre John Reed para colocá-lo também na bolsa, mas no último momento pensou melhor.

— Fique com isto — disse a Gerda. Sabia que Reed era o herói de sua vida.

Quando terminou, aproximou-se dela e ficou calado, um pouco desconfortável, balançando-se ligeiramente com as mãos nos bolsos, sem saber o que fazer, olhando-a com aqueles olhos de cigano, com uma desarmada seriedade parecida com o abandono.

— Amo você — disse-lhe bem baixinho.

Então ela o fitou calada e pensativa, como se estivesse elaborando uma ideia difícil de expressar. "Tomara que aconteça alguma coisa que nos salve de repente", pensou. "Tomara que nunca tenhamos tempo para nos trair. Tomara que não nos alcance o tédio, nem a mentira, nem a decepção. Tomara que eu aprenda a amá-lo sem feri-lo. Tomara que o costume não nos vá degradando, pouco a pouco, confortavelmente, como aos casais felizes. Tomara que nunca nos falte coragem para começar de novo..." Mas, como não sabia como diabos expressar todas as sensações verdadeiras e confusas, leais e contraditórias que passavam como rajadas pela sua cabeça, limitou-se a abraçá-lo bem forte e o beijou devagar, entreabrindo os lábios, procurando sua língua bem fundo, com os olhos entreabertos e as asas do nariz trêmulas, acariciando a desordem dos cabelos, enquanto ele se abandonava delicado e áspero, e o sol penetrava pela vidraça do velho casarão dos marqueses de Heredia e no rádio alguém cantarolava uma copla, alguns versos rimados: *ni contigo ni sin ti tienen mis males remédio, contigo porque me matas, sin ti porque me muero.*

Despediu-se de todo mundo abaixo no vestíbulo, com a bolsa de viagem ao ombro, prometendo voltar logo, apertando mãos e soltando brincadeiras ao seu estilo, masculino e um tanto rude. Cada um se protege das emoções como pode. Mas quando chegou junto a Ted Allan lhe deu uma palmada franca no ombro. O rapaz acabava de chegar do front fazia apenas dois dias, mais magro que nunca, com aquela expressão tímida de retraimento e o andar um pouco desajeitado de potro jovem.

— Prometa que cuidará bem dela, Teddie — disse.

A oeste de Madri, mais de 100 mil espanhóis estavam a ponto de matar-se na batalha mais sangrenta da guerra.

XXIII

Parecia diferente, mais jovem. Estava deitada na cama de bruços, com uma camisa militar masculina, de grandes bolsos. O queixo apoiado em uma das mãos e um livro na outra, ia virando devagar as páginas. Há homens que não nasceram para aceitar as coisas como são, pensou, sujeitos perdidos em um mundo que nunca esteve à sua altura, indivíduos que não agem sempre segundo as regras da moral, mas sim segundo certas leis de uma ética cavalheiresca, homens que encaram a vida lutando à sua maneira, da melhor forma que sabem contra a fome, o medo ou a guerra.

O perigo nunca tinha detido John Reed; pelo contrário, era o seu elemento natural. Sempre dava um jeito de chegar às regiões mais intrincadas para fazer suas reportagens. Uma vez no front de Riga foi surpreendido por um bombardeio da artilharia alemã. Um projétil explodiu a poucos metros de sua posição, e todos o deram por morto, mas em poucos minutos apareceu caminhando em meio a uma densa coluna de fumaça e poeira, parcialmente surdo, com as mãos nos bolsos. Gerda se deu conta de que levava mais de cinco minutos, absorta, olhando a porosidade do papel, acariciando o couro da encadernação, como se estivesse navegando por um mar muito longínquo. Foi então, ao virar a página, que encontrou a fotografia que Capa tinha deixado como marcador na página 57. Segurou-a nas mãos e a colocou sob a luz do lampião para observá-la melhor:

Um bebê nu e robusto deitado num sofá. As sobrancelhas bem marcadas e escuras, a tez morena, os olhos grandes, de carvão, muito negros, e tanto cabelo na cabeça que parecia já ter terminado o ensino médio. Lindo de morrer. Há fotos que já contêm todas as possibilidades do futuro, como se a vida não tivesse outro sentido a não ser confirmar estes traços incipientes: o sorriso cigano, a testa cética, os seis dedos da sorte. No verso havia uma data: 22 de outubro de 1913. Gerda sorriu para si. Outro que também não se conformava com as coisas tal como eram. Outro destes.

Dormiu a noite inteira inquieta. Sonhou que os dois caminhavam bem cedinho por um mercado de Paris com aquela luz transparente de quando acabavam de se conhecer e a guerra ainda não tinha começado, e ela sonhava ser Greta Garbo e ele levava no ombro o Capitão Flint... Dormiu como se isto fosse sua vida ou talvez como se desejasse mudar a vida, empurrá-la além de suas escassas possibilidades. Deu voltas e voltas na cama, de uma cidade a outra, cruzando outonos desesperadores e chorou em sonhos com os olhos fechados atravessada em diagonal sobre a cama, com o joelho esquerdo encolhido embaixo do estômago até que despertou com o primeiro traço oblíquo de luz no travesseiro e o relógio marcando sua hora.

A da verdade.

25 de julho de 1937. Domingo.

"Quando penso no número de pessoas extraordinárias que morreram no decorrer desta guerra, parece-me que de uma maneira ou de outra não é justo ainda continuar viva", escreveu nesta manhã em seu caderno.

Fazia vários dias que o exército republicano sob o comando de Lister tinha empreendido uma forte ofensiva em Brunete, onde se cruzavam as duas rotas vitais para o abastecimento das tropas franquistas destacadas na Casa de Campo e na Cidade Universitária. O ataque pegou os fascistas despreparados, e os milicianos conseguiram avançar rápido até Quijorna e Villanueva de la Cañada, mas os amotinados receberam em seguida reforços maciços, e no meio do planalto calcinado com temperaturas de 40 graus à sombra começou a batalha.

Ninguém sabia com exatidão o território que controlava, nem de quem era cada povoado ou cada pedaço de povoado. Combatiam casa a casa. A confusão era tanta que às vezes os dois lados bombardeavam por engano suas próprias posições. Casas queimando ao sol, tanques manobrando pelas ruas, franco-atiradores fascistas postados nas janelas, ruelas estreitas cortadas, campanários brancos, voluntários franceses e belgas avançando por um trigal...

As notícias publicadas pela imprensa eram muito confusas. Franco tinha dado a batalha por ganha, mas os republicanos não a davam por perdida. Gerda também abrigava esperanças na vitória. Queria aquelas fotos. De qualquer maneira.

— Não posso carregar sozinha a Eyemo e a Leica, Ted, preciso que me ajude — disse por telefone ao seu anjo da guarda. Seriam oito da manhã. — Consegui um carro. Vai, Teddy, diga que sim, por favor... Só desta vez. Amanhã volto para Paris.

Quem teria conseguido dizer não? Menos ainda Ted Allan que lhe daria a lua em uma bandeja de ouro se ela pedisse.

Quase não encontraram movimento de veículos na estrada. A partir da Villanueva de la Cañada, não se via nem sequer uma nuvem de poeira na lonjura. Rochas carcomidas como pedras-pomes, restolhos secos, um silêncio de canícula que se estendia entre os barbechos. Mau sinal. O motorista francês se negou a seguir por mais 1 metro, e dali tiveram que continuar a pé através dos trigais. Não era o tipo de terreno que alguém associa a emboscadas, mas vários homens podiam se esconder em meio às espigas douradas sem que ninguém os visse. Por volta de uma da tarde chegaram ao acampamento do general Walter, um polonês bolchevique de ombros quadrados, curtido na estratégia do Exército Vermelho durante a Revolução Russa. Quando os viu aparecer entre os trigais com suas câmeras ao ombro e as camisas ensopadas de suor, ondulando vaporosos como uma miragem do deserto, quase os expulsou a pontapés.

— Estão loucos ou o quê? — repreendeu-os com expressão severa antes de destrambelhar contra os jornalistas e a puta que os pariu. — Em cinco minutos isto vai ser o inferno.

Só errou por trinta segundos. O tempo justo para entregar um Mauser a cada um e que fosse o que tivesse que ser. De repente a artilharia franquista abriu fogo, e dez bombardeiros Heinkel cobriram o céu da estepe castelhana. Restava pela frente o dia sem fim. De repente começaram a explodir bombas por toda parte e cada um se protegeu como pôde, enquanto os aviões insurgentes desciam em picado, costurando de metralha aquela terra carcomida pelo tempo. Gerda e Allan se meteram no primeiro fosso que encontraram, uma lapa pouco profunda. O cheiro de cordite era insuportável. Os caças alemães metralhavam o campo sem piedade em voo rasante.

— Temos que sair daqui — gritou Ted inclinando-se por cima de seu ombro. Com aquele estrondo era impossível ouvir qualquer coisa. — Vão nos destruir.

Rajadas curtas seguidas de outras mais longas, repicando na terra por toda parte, chamas, explosões nas pedras, estampidos ricocheteando nos tímpanos.

Gerda abriu a boca para que o ruído não lhe rompesse os ouvidos. Via a guerra em preto e branco através da objetiva da câmera, sem parar de fazer fotos. Isto a ajudava a aguçar a concentração e a manter o medo a distância. Em um momento o reflexo do sol ricocheteou na aresta metálica de sua câmera e deve ter alertado um dos caças biplanos, que abaixou com o nariz inclinado para sua direção. Estava fascinada com a vertical traçada por aquele pássaro sinistro que parecia que ia se estatelar no chão. Ted cobriu instintivamente a cabeça com as mãos, mas ela tirou meio corpo para fora e registrou o rastro de poeira provocado pelo impacto das balas a poucos metros sobre a terra ra-ta-ta-ta-ta-ta-ta-ta-ta...

— Se sairmos desta, terei alguma coisa para mostrar ao Comitê de Não Intervenção — disse enquanto trocava rapidamente o rolo deitada de costas na terra. O rosto contraído pelo sol, os dentes apertados, os dedos ágeis. Eram as melhores fotos de sua vida.

Mas Ted arrebatou a câmera de suas mãos. Os pulmões doíam de respirar fumaça e abafava a tosse como podia.

— Deixe isto já, temos que sair antes que nos fritem a tiros. — Tentava usar a Eyemo como escudo para protegê-la das lascas e dos pedaços de pedra que saltavam por toda parte. Olhava para um lado e para outro, procurando algum lugar mais seguro. Mas não havia para onde ir.

As explosões avulsas eram enlaçadas entre si por uma contínua matraca de metralhadora e novamente pelos morteiros. O dia do fim do mundo. E então se estendeu a disparada. Diante da enchente de fogo de artilharia, os soldados se deixaram levar pelo pânico. Romperam as filas e empreenderam fuga campo afora em direção à estrada. O espetáculo era desolador, com as metralhadoras fascistas brincando de tiro ao alvo com eles. Assim que saíam, eram abatidos como coelhos. Não tinham escapatória. O general Walter à frente da 35ª Divisão lutava como podia para recuperar a situação de combate, mas no setor oeste os disparos continuavam. Gerda viu três milicianos saltarem em pedaços pelos ares por causa de uma explosão. Foi então que saiu do refúgio, sozinha, bufando fúria e humilhação, jurando em iídiche pelo deus dos exércitos, com o Mauser dirigido contra quem saía correndo. Ted tentou detê-la, segurando-a pela camisa sem poder freá-la. "É preciso impedi-los, não vê que os estão massacrando vivos", disse. "Espere por mim", gritou então ele, carregando seu rifle para cobri-la. Jamais a tinha visto com tal força e integridade. A camisa rasgada, o fuzil em riste e um ombro descoberto. Impetuosa, avivada, implacável, arrancando uivos das vísceras a gritos na última batalha que teria que perder com raiva e desencanto e uma indiscutível ousadia de coração até que, à força de recriminações, conseguiram que as tropas voltassem a se reagrupar em suas posições.

Por volta das cinco e meia da tarde os aviões começaram a se retirar, deixando na terra batida um silêncio oco, a extrema solidão dos campos.

Era um milagre terem saído vivos daquilo. Gerda olhou fixamente para Ted, com uma mistura de ternura e orgulho. Segurou seu rosto entre as mãos e o beijou suavemente nos lábios. Só isto. Apenas alguns segundos. Por ser seu anjo da guarda.

— Obrigada — disse baixinho.

E ele sentiu uma labareda de fogo subindo no rosto, mas se limitou a sorrir um pouco, daquele modo dele que era ao mesmo tempo ausente e tímido.

O planalto estava semeado de cadáveres e feridos gemendo, demasiadamente destroçados para se levantar. Alguns eram retirados em tanques, outros em mantas de lona arrastadas por mulas. Gerda e Ted começaram a caminhar pela estrada cobertos de poeira, com os rostos tingidos de betume, em direção a Villanueva de la Cañada, ouvindo o ruído de seus próprios passos no cascalho, com vontade de continuar calados em respeito a tantas vidas truncadas no planalto em um dia de merda. Viram granjas queimando a distância, explosões longínquas, uma paisagem desoladora.

Uma hora depois caminhavam exaustos no entardecer. Ouviram ao longe o ronco de um motor e atrás de uma curva avistaram o carro do general Walter, um veículo preto com o capô amassado. Fizeram sinais com a mão para que parasse. Estavam mortos de sede e já não podiam aguentar o peso do corpo. O general não estava dentro, mas o carro estava repleto de feridos amontoados no banco traseiro, então se colocaram de pé em cada um dos estribos laterais.

No caminho cruzaram com vários blindados em retirada e carros de combate leves. Encontravam-se em uma região de terreno acidentado com colinas como castelos medievais. Gerda respirava fundo, olhando para a frente, agradecendo a fruição da brisa no rosto, sem sair de seu espanto por não ter nem um arranhão, pensando em tomar um banho assim que chegasse a Madri, com aquela euforia estranha da sobrevivência, a Leica ao ombro, o cabelo para trás, agradecendo a vida à sua estrela. Tinha comprado uma garrafa de champanhe para se despedir de todos na Aliança. Ia embora na manhã seguinte. E então, em questão de um décimo de segundo, o carro deu uma guinada, e ela viu de soslaio o focinho de um dos tanques vindo em cima. Era um T-26B, o blindado mais potente do mundo. Quis se afastar para esquivá-lo, mas alguma coisa a impediu. As correntes de ferro passaram por cima dela. Dez toneladas de metal. O peso a mantinha presa pelo abdômen e não a deixava se mexer, puxando-a para baixo, como se estivesse no fundo do lago em Leipzig e o lodo envolvesse suas pernas, sem lhe permitir subir à superfície. Sabia que devia relaxar, respirar devagar e impulsionar o corpo para cima. Quase podia ver a casinha do lago com a luz acesa, muito perto, a mesa com a toalha de linho, um vaso com tulipas e o livro do John Reed. Ouviu gritos, vozes vindas de muito longe, um ronco longínquo de aviões, ouviu Ted que a chamava como se estivesse na outra margem, Gerda, Gerda... com um tom trêmulo atravessado por uma inflexão de alarme. Teve a impressão de que estava anoitecendo cedo demais e sentia muito frio. Fazia todos os esforços que podia para não afundar, para tirar a cabeça para fora da água, mas cada vez era mais difícil continuar nadando...

XXIV

—C oragem, trutinha, falta pouco... — Era a voz de Karl que a encorajava da margem, enquanto Oskar cronometrava o tempo em um relógio de bolso, de pé no cais com 10 anos, o nariz cheio de sardas e uma camiseta de listras de marinheiro.

Debaixo da água, a grande profundidade, há cidades fantásticas, com cúpulas de areia e brilhos estranhos que refulgem como o fósforo dos ossos. Gerda sentiu uma pontada intensa de dor e então emergiu a cabeça e sentiu o sol pulverizando milhares de gotinhas minúsculas sobre sua pele.

— Venha, já chega...

O céu limpo, o estalo da água em cada braçada, o cheiro da doca de cedro torrando ao sol, as costas frias, a pressão do elástico do maiô vermelho nos ombros, o gesto de sacudir o cabelo para os lados, salpicando água.

A enfermeira voltou a molhar a esponja na pia e a passou de novo por sua testa e pescoço para refrescá-la. Estava em El Escorial, no hospital de campanha norte-americano.

— E Ted? — perguntou. — Está bem?

A enfermeira sorriu assentindo. Era uma moça loura com cara de pão e olhos muito azuis.

— Você também ficará bem logo — respondeu. — O Dr. Douglas Jolly vai operá-la. É o nosso melhor cirurgião.

Gerda viu um retângulo de luz ao fundo, em uma das janelas daquele antigo convento de jesuítas para onde os tinham levado, mas a dor se tornou de novo insuportável, o tanque tinha destroçado seu estômago e tinha todos os intestinos expostos.

— Eu gostaria de ter minha câmera — disse.

Dois carregadores de maca a levaram para a mesa de operações, mas antes de chegar voltou a perder os sentidos.

Era noite, e a escuridão lá em cima tinha a cor das ameixas. Sentiu o braço de seus irmãos segurando-a pelos ombros no caminho de Reutlinger. Podia sentir o cheiro da lã das mangas dos pulôveres. Três crianças enlaçadas pelos ombros olhando o céu. Dali foram caindo de duas em duas, de três em três, como punhados de sal, as estrelas.

Uma estrela é como uma lembrança, nunca se sabe se é uma coisa que você tem ou que perdeu.

Voltou a despertar com a lenta piscada da sombra de um ventilador, achou que era Capa que estava soprando seu pescoço como costumava fazer depois do amor. Tinham-na levado para a cama. Agora vestia apenas uma camiseta cinza e tinha o braço nu estendido sobre o lençol. Estava muito pálida e parecia bem mais jovem.

Pediu que abrissem a janela para poder ouvir os sons da noite. Seu pulso estava muito fraco. Tinha visto gente demais morrer para sentir medo, mas gostaria que ele estivesse perto. Capa sempre sabia como acalmá-la. Uma vez ele tinha expressado em voz alta este mesmo pensamento. Estavam deitados na grama, abraçados, no início da guerra.

— Se eu morresse neste momento, aqui, do jeito que estamos agora, não sentiria falta de nada — falou. Estava inclinado sobre seu corpo, e ela podia ver o osso que tinha no meio do pescoço subindo e descendo ao engolir saliva, como uma noz. Queria tocá-lo com os dedos. Sempre gostara desta parte de seu corpo, sobressaindo como uma escarpa. A cor de sua pele fora mudando com a luz dos olivedos, e seu corpo tinha adquirido a textura compacta da terra e das rochas. Gostava muito daquele osso, como a bolinha do centro das margaridas amarelas. Precisava dormir. Estava tão cansada que só queria colar sua testa naquela parte do pescoço dele, como encontrar um buraco em uma árvore.

A enfermeira loura voltou a se aproximar com um estojo de primeiros socorros. Colocou-lhe um cordão ao redor do braço, rompeu com a unha a ponta da ampola de vidro. Clique. Soou igual ao disparo de uma fotografia. Gerda sentiu a picada da agulha na veia. Abriu e fechou a mão várias vezes para que o efeito subisse mais rapidamente, e antes de virar a cabeça sobre o travesseiro a ruga do cenho já tinha desaparecido. Sua expressão ficou mais doce, mais lenta. Não tinha um mundo ao qual pudesse retornar. Cada absorção de morfina pelo corpo lhe abria outra porta pela qual se remontar para o futuro. Descobriu que estava dotada de uma visão tridimensional, uma percepção nítida do tempo. Como se todos os momentos de uma vida pudessem se comprimir em um ponto imaterial perdido no infinito. De repente se deu conta de que ele estaria sempre neste ponto, sem abandoná-la nunca. Não foi uma coisa que compreendesse com a inteligência ou o pensamento, e sim com outra parte intacta de sua mente. Porque talvez sejam os sonhos os que inventam o futuro ou o que quer que seja que vem depois. Foi com esta parte da clarividência que o viu parado, com a camisa aberta, a cabeça entre as mãos, apertando forte as têmporas, enquanto lia um exemplar de *L'Humanité*. "A primeira mulher fotógrafa falecida em um conflito. A jornalista Gerda Taro morreu durante um combate em Brunete", rezava a manchete. Viu tudo isto de repente, e dois segundos mais tarde soube que ele fecharia o punho exatamente como o fez, antes de bater com toda força na parede, rompendo os nódulos quando Louis Aragon lhe confirmou a notícia em seu escritório da redação de *Ce Soir*, e o viu desmoronar dias depois na Gare de Austerlitz, amparado por Ruth, por Chim, por seu irmão Cornell e por Henri, quando chegou o ataúde, e segui-lo junto a dezenas de milhares de pessoas, na sua maior parte membros do

Partido Comunista, que acompanharam o cortejo ao compasso da marcha fúnebre de Chopin numa manhã tormentosa com o céu cinza plúmbeo, da Maison de la Culture até o cemitério Père-Lachaise.

Também viu seu pai ajoelhado diante do caixão, iniciando *kadish*, a oração judaica dedicada aos mortos, com uma voz profunda, como a sirene de um navio chamando-a de longe. O hebraico é um idioma antigo que contém a solidão das ruínas. Capa sentiu um arrepio nas costas quando o ouviu. Uma espécie de cócegas leves em alguma parte da lembrança em que ela chegava da frente coberta de poeira com as máquinas nas costas e o tripé atravessado.

Era difícil aguentar o sujeito com a música dos salmos. Por isso Capa não tinha querido se defender depois, quando, após finalizada a cerimônia, os irmãos de Gerda o enfrentaram, culparam-no por sua morte e o acusaram a gritos de havê-la metido em uma guerra e de não ter sabido protegê-la. Foi Karl quem lhe disparou um violento soco na mandíbula, e ele se deixou apanhar sem mover um dedo, como se os golpes o redimissem de alguma coisa. Ele próprio também se culpava de tê-la deixado sozinha, de não ter estado ao seu lado naquele último dia infeliz, torturava-se a cada minuto com a culpa a ponto de chegar a se fechar totalmente em seu estúdio durante 15 dias recusando comida, sem querer falar com ninguém.

"O homem que saiu dali depois de duas semanas", escreveria mais tarde Henri Cartier-Bresson com sua perspicácia normanda, "era alguém completamente diferente, cada vez mais niilista e mordaz. Desesperado".

Ninguém imaginou que levantaria a cabeça, Ruth chegou a temer o pior ao vê-lo vagar pelos *quartiers* de Sena, bebendo até perder qualquer noção de realidade. Mas Gerda sabia que se recuperaria, como um boxeador contra as cordas, nocauteado, que no último momento tira forças de onde não tem e se levanta e agarra de novo sua câmera e se lança novamente à guerra porque já não sabe viver de outra maneira. Nem tampouco quer fazê-lo. E outra vez à Espanha, até a derrota final; o desembarque aliado nas praias da Normandia, com a companhia E do 116º, na primeira quebra de onda, no Easy Red; os caminhos de morte para Jerusalém na primavera de 1948 quando Ben Gurion leu a Declaração de Independência israelense; as colunas de prisioneiros vietnamitas avançando com as mãos amarradas às costas no delta do Mekong, Indochina; cada vez mais cansado, menos inocente, pensando nela toda noite, embora conheça outras mulheres e inclusive corteje algumas muito bonitas, como Ingrid Bergman. Afinal, era homem. Da margem escura de sua lembrança, Gerda esboçou um sorriso cúmplice ao reconhecê-lo junto a seu amigo Irwin Shaw no vestíbulo do hotel Ritz. Foi um sorriso tão natural que a enfermeira achou que estava acordada. Robert Capa maldito, murmurou em voz muito baixa.

Viu tudo isto em apenas um segundo e também brindou com ele com champanhe em um dia de 1947 no segundo andar do MoMA de Nova York quando ele, Chim, Henri Cartier-Bresson e Maria Eisner fundaram a agência de fotografia Magnum. Gostaria tanto de estar ali!

Mas quando se sentiu mais perto dele foi na estrada de Doai Than, a poucos quilômetros de Hanói. Capa levava muito tempo destruindo o fígado, bebendo até não sentir nada, fazendo o impossível para se deixar matar, já farto de viver sem ela. O calor, a umidade, os hotéis sórdidos cheios de percevejos, o ouro dos arrozais sob um sol tardio, as frágeis varas dos barcos dos pescadores flutuando sobre os campos, os chapéus como moluscos das moças que pedalavam descalças em suas bicicletas por estradas de terra, o verde jovem das montanhas, as pontas douradas de um pagode, a garrafa térmica de chá gelado, o zumbido dos aviões, os soldados do Viet Minh por toda parte, movendo-se entre os juncos crescidos. Saltou do jipe para fazer as últimas fotos de sua reportagem intitulada "Arroz amargo", como o filme de Giuseppe de Santis. Subiu devagar uma encosta suave de grama nova, sem pisar, para tirar uma contraluz dos homens que avançavam pelo outro lado do dique quando, de repente, ao apertar o obturador, clique, o mundo explodiu em pedaços. Em Doai Than. Hanói.

Gerda sentiu a multidão de ossos de seus pés pulverizados pelo ar como cascalho. Fósforo puro. O crânio dele repousando nas suas costelas, os metacarpos de sua mão esquerda dentro da mão direita dela. O osso da pélvis unido à sua traqueia pela máxima intimidade. Fosfato cálcico. Foi então que se deu conta de que todo o vivido cabia no relâmpago de um milésimo do firmamento, porque o tempo não existia. Voltou a abrir os olhos. Eram cinco da madrugada. Irene Goldin, a enfermeira de olhos azuis, aproximou-se solícita da cabeceira de sua cama.

— Já encontraram a minha câmera? — perguntou ela com um resto de voz.

A enfermeira negou com a cabeça.

— Que pena — disse —, era nova.

NOTA DA AUTORA

Em janeiro de 2008 apareceram no México três caixas com 127 rolos de negativos e fotos da guerra civil espanhola pertencentes a Robert Capa, Gerda Taro e David Seymour, *Chim*. Mais de 3 mil fotografias inéditas. A cineasta Trisha Ziff localizou as caixas através dos descendentes do general mexicano Francisco Aguilar González, que tinha prestado serviços como diplomata em Marselha no final dos anos 1930, ajudando refugiados antifascistas a escapar. Atualmente, o material se encontra no Centro Internacional de Fotografia de Nova York, aguardando estudo. Quase todos os jornais fizeram eco deste achado, sem dúvida o mais importante da história do fotojornalismo.

A origem desta história procede de uma dessas fotografias encontradas no México, que foi publicada pelo *New York Times*. Refiro-me a uma imagem de Gerda Taro em uma cama estreita de um quarto de hotel, muito jovem e dormindo com o pijama de Robert Capa. Poderia parecer um menino se não fosse pelas sobrancelhas tão finas e depiladas. O corpo meio de lado, a mão embaixo do peito, o cabelo curto e revolto, a perna esquerda flexionada com o tecido enrolado no joelho como se tivesse dado muitas voltas antes de dormir.

A figura de Robert Capa já havia monopolizado antes minha atenção. Seus álbuns de fotografias ocuparam sempre um lugar de honra em minha biblioteca, junto a Corto Maltés, Ulisses, o capitão Scott, os amotinados da *Bounty*, Heathcliff e Catherine Earnshaw, o conde Almásy e Katharine Clifton, John Reed e Louise Bryant e todos os meus heróis cansados. Mais de uma vez tinha cogitado escrever alguma coisa sobre sua vida. Achava que este país lhe devia, pelo menos, um romance. Aos dois. E sentia esta certeza como se fosse uma dívida pendente. Mas certamente ainda não tinha chegado o momento de saldá-la. A gente nunca escolhe essas coisas. Acontecem quando acontecem.

Além dos arquivos fotográficos, alguns livros foram de grande ajuda na fase de documentação prévia à escritura. Os primeiros deles foram a biografia de Richard Whelan sobre Robert Capa e o apaixonante ensaio de Alex Kershaw intitulado *Sangue e champanhe*. Para recriar o ambiente de Madri, Valência e Barcelona com suas intrigas políticas e amorosas me serviu como referência o livro de Paul Preston, *Idealistas bajo las balas*, que reflete com grande precisão e profundidade o processo de transformação de todos aqueles que foram observar os acontecimentos e acabaram indevidamente apanhados pelo fascínio da última guerra romântica, se é que podemos chamá-la assim, ou pelo menos a última em que ainda era possível escolher um lado. Também foi decisivo o magnífico estudo do jornalista Fernando Olmeda sobre Gerda Taro, publicado pela editora Debate, que me ajudou a paliar em parte a dificuldade de acesso às fontes documentais diretas sobre a fotógrafa em alemão, devido às minhas limitações com este idioma. O livro de Fernando Olmeda recolhe grande quantidade de dados e testemunhos da escritora alemã Irme Schaber, autora da única e exaustiva biografia de Gerda Taro publicada até a data e que infelizmente não foi traduzida para outros idiomas. É a ela a quem sem dúvida corresponde o mérito de ter resgatado do esquecimento uma das mulheres mais interessantes e valentes do século XX.

Este romance também deve muito a alguns amigos jornalistas, correspondentes de guerra que, através de suas vidas, de suas crônicas e de seus livros me ensinaram que existem viagens sem passagem de volta, e que uma guerra é um lugar do qual ninguém retorna por completo. Eles sabem quem são e até que ponto estão dentro desta história. Com ela desejo também render homenagem a todos os mensageiros mortos, homens e mulheres que deixaram e deixam todo dia a vida no exercício de sua profissão para que outros possam saber como amanheceu o mundo enquanto tomam tranquilamente, a cada dia, o café da manhã.

Quanto a mim, tentei refletir honestamente todos os episódios de vidas levadas até o limite, sem deixar de lado os capítulos mais obscuros ou polêmicos como a famosa fotografia *Morte de um miliciano*. Todos os episódios relacionados com a guerra civil são reais e estão documentados, assim como os nomes próprios de escritores, fotógrafos, brigadistas e militares que aparecem citados. O restante — endereços, lembranças familiares, leituras etc. — foi recriado com a liberdade que é privilégio do escritor.

Gostaria de refletir a intensidade e a complexidade daqueles anos convulsos com a maestria e a paixão que Robert Capa, Gerda Taro e David Seymour transmitiram em suas fotografias. Mas não tenho este talento para manejar uma câmera. Assim, não restava outro remédio a não ser tentar percorrer a distância entre a imagem e a palavra à minha maneira e com minhas próprias armas. Cada um faz o que pode.

Por último digo que ninguém é a mesma pessoa ao começar um romance e ao terminá-lo. Em certo sentido este livro, como qualquer experiência de guerra, representa também em minha vida como escritora um lugar de não retorno. Uma parte de mim vai ficar para sempre naqueles anos violentos de sonhos canhoneados nos quais Gerda Taro amanhecia terna e de pijama.

Este livro foi composto na tipologia, Garth Graphics Sdt
em corpo 11/16,5, e impresso em papel offwhite no
Sistema Cameron da Divisão Gráfica da Distribuidora Record.